香港之秋
思果 著

獻給

梅醴

目錄

序

自從丁巳年回港，兩年多來也寫了一些散文，收在這裡，題名《香港之秋》。至於期間關於論翻譯的幾篇近作，則打算收在《翻譯新究》（仍由大地出版社出版）裡，以免一文兩輯，佔要買這兩本書讀者的便宜。

還有幾篇舊作也收在這裡。

我要向讀者道歉，本書裡〈學生寫中文的遣詞造句〉，〈一句話給我的鼓勵〉和〈第一步的交代〉本不是給他們看的。他們如果有年輕在上學或失學的子弟或熟人，就讓這些人看一看吧。因爲已經排了，不便抽出。

己未小寒

懷內

從夏洛特來香港，不覺已經過了四個多月，我的感覺是四年一樣長了。我和梅醴已經是四十年的夫妻，雖然有過些短短的別離，可是要分開很久的事倒還未曾有過，這次的分別也有千萬頭緒，無從說起，爲了許多原因，我們似乎都沒有辦法兼顧。

當然寫很多信，不過不是情書（雖然友人某兄叫我多寫情書），而是琦君女士說的「義」書。算算已經有二十多封了，封封是密密麻麻的小字。寫些什麼呢？沒有一個字的相思，只有關切和瑣事。我們在一起話總談不完，並不是驚天動地的大事，只是偶然的感慨，小小的心得，一時的喜怒，書報上的趣聞……彼此一吐就舒服了。現在分開，就把要談的話隨時寫下，寫滿就寄。往往不到兩天，一張紙就滿了。這些信就是筆談的記錄，像下面的：

今天買了一雙練跑的膠鞋、一罐奶粉……

裱的字畫已取來，牆壁上好看多了……

某某會過了，他請我吃了一頓豐盛的飯……

門口已放了棕墊……電風扇已經用套子套好（梅醴是有規律的人，凡事有一定的安排，夏天過去，總把電扇罩好，免得落灰。）……

她來信會告訴我，秋天來了，草地又下了種，施了肥，門前一片新綠，可愛極了。菊花紫色的已有千朵，黃色的也有上百，小蕃茄一摘一籃子，吃不完。接連下了幾天雨，省了澆水的麻煩。諸如此類。

四十年前，李小賢兄結婚，證婚的是位學者，他的演說精彩之極，我一直都記得。他說西方人夫妻講的是愛，中國人講的是「不二」。這個道理很平淡，一些浪漫的氣味都沒有，但多麼實在！多有意義！李大嫂端莊賢淑，小賢兄君子學者，我相信他們到現在都鸞鳳和鳴。至於我們，平平常常的一對夫妻，患難倒是共了的，怪不得要寫「義」書了。夫妻到了花甲之年，寫起信來，大約就是這樣的。

梅醴本來已經寫了些食譜，我一次沒有照做過。現在還不時寫點來，我總是把它束之高閣。我吃得再簡單也沒有了，只求省事。起初買了菜回來，每天煮些吃，可是蔬菜在冰箱裡放久了會壞，我住的地方，不能天天上菜市場。後來煮熟了放進去，日子一多，照樣會變味。隨後把菜燒成半熟，放在結冰的一格，外用玻璃紙罩住，以防乾掉，每次取出夠一頓吃的，再煮熟，這樣就可以偷懶，煮一次可以吃很多天。近來發覺這樣仍然變味，又恢復每天煮的辦法，寧可讓菜爛掉一些。

我的菜燒得當然很差，但也可以吃——每次總想起聖方濟來。他老人家怕吃得太好，遇到貴人請客，總要在菜裡撒些灰下去，我的菜可好吃多了。不過我每飯除了聖方濟之外，仍然想到梅醴。

幾十年來她照應得我週到之至。這次我一個人住，不知碰到多少問題。來港的飛機上，西裝上衣裂了一條縫，下不了機。跟空中小姐借了針線，把它草草縫好。在家幾次出外，不記得熄了爐子上的火，慌忙趕回來。有一次燒茶，完全忘記了，幾小時之後發現，茶壺已經燒黑，再也洗不乾淨。最近把連殼煮好的蛋和生的放到了一起——每天早上只好用碗來打，熟的就吃，生的再煮。跟梅醴在一起，每次出外，都是我不耐煩等她，她把家裡到處看過才出門。現在我又常常忘記帶必須帶的東西出去；有一次零錢放在家裡，幾乎回不了家。平時她總問我這樣帶了沒有，那樣帶了沒有，一切都不用我煩，而我總嫌她太瑣碎。

這只是短暫的別離，一點不錯。現在儘管交通方便，地球已經縮小到不及古代的千分之一，無線電萬里外可以傳眞。不過我們的航空信在路上還要走十來天。一來一回，所答的話雖然是所問的，差不多有一個月那麼久。記得我在家，只要幾十分鐘不見她就要到處找了。她有時笑道：「我會給妖怪吃掉了麼？」我就是這樣的人，怪不得要寫許多信了。

我本來已經退休，要以讀書、譯著自娛，了此一生。但是因爲還在練長跑、做俯撐，記性雖然差了，腿腳還很敏捷，不做點吃力的工作，很講不過去。譯著雖然也可以替別人盡點力，總不夠積極。至於出來工作對社會能不能貢獻，這一點還不能說，要等日後別人來批評。現在參加一個學術機構，再逼自己用點功，跟有學問的人學點東西，誘力實在太大了。

我是個失學的人，三四十年來都夢見重回學校，又去上課。幾十年自修，從沒有再進學校，甚至想向人請教都不容易。像現在我所服務的所在如果肯錄取我做新生，即使在最近若干年，我也會高興得雀躍的。我雖然把受正規教育的念頭打消，但能參加教員的行列，實在也求之不得。

在梅醴那一方面，孩子爲了我們回來，替我們做了許多準備工作，忽然又要遠離，怕他們失望。我們商量了好久，最後決定我隻身來港，她就往來兩地。而且夏洛特家裡她費了許多心血種了花草，每天有很好的消遣，又要照顧孩子們的飲食，我此地有五個很好的飯堂，吃的方面不成問題，她留在家裡，是最好的安排，她竭力主張我做這件工作，知道我離不開家，屢次拿孩子們來策勵我，說：「你看他們不都一個人在外面獨立生活過麼？哪一個不過得好好的？我從前不也是一個人在外面工作？」一些不錯，大家都行——我婚前也獨自在外鄉過了兩年日子的，不過現在……

所以我也要爭口氣，雖然年紀不算小了，總算自幼做慣家務，煮飯燒菜，掃地洗衣，全可以對付。比較難打發的是下班回家，沒有人說話。梅醴教我用工作把每一分鐘都塡滿。可是我不跟她在一起，就不能生活，過的也不是生活。最近碰巧看李清照的詞，有一句：「獨自怎生得黑？」週末在家，眞有此感。但我要做個有本領的人，要克服一切，而且要過得好好的，好像她和孩子們那樣。絕不能倒在別離的腳下。這是個大考驗，我也樂意試一試。（老友某兄說，我跟孩子不同。另一位說，到了我們的年齡，不該分別，我認爲他們都有理。）

分別——每次都如此——使我有許多反省的機會。沒有梅醴的照應，我的文章寫得少，書讀得少，翻譯停下來再沒有動過筆。家裡的事似乎永遠做不完的，儘管我事事力求簡化。和她在一起，並不是不知道這一點，但現在才有切膚之感罷了；才知道所有我積攢的一丁點兒知識，寫的若干本書，今天能做點研究的工作，全有她一半的力量促成。她叫我不要在計劃寫的一本書上題獻給她，這是她的謙遜，其實那一半就是她寫的。

我性子急躁，外人不知道，因為外人看不出我這樣外表溫和的人會發脾氣，在家我就露出自己的缺點來了。我此刻講這句話，可是等到梅醴來看我，一下飛機，我就會怪她忘記帶了什麼東西，雖然可能是她需要的。她在我面前，我會忘記她，不在我面前，我反而一刻也不會忘記。也許是天意，要我多多省悟自己的短處。我希望我們下次到了一起，過我們的老年，我眞是個最體貼的丈夫。

我沒有動身，有幾個月工夫怕分別，她一直叫我記住好多事，說話小心，做事仔細，諸如此類。我知道幾十年來我讓她擔心太多。我有個大毛病，因為自問沒有存不正、不義的心（是否如此是另一件事），所以凡事毫無顧忌，口不擇言。雖然沒有闖下大禍來，但也因此失過業，害了梅醴和孩子不少。這次在此地，我事事小心，但還是有大意的時候。寫信給她，總說「安如泰山」——這是三國演義裡諸葛亮在東吳告訴劉備的話，其實有時也可能闖禍的。

有件事已經告訴了她。這次分別雖然心目中有她時常會來，我也可以回去看他們的景象，我仍然會想念她想得發瘋；幸好有位神父是我的同事，正住在我樓上，我每天望他獻的彌撒，彌撒中虔誠替她和孩子們祈禱，也替親戚朋友祈禱，得到無窮安慰。我一向一離開家，總不放心他們，其實在家又哪裡能照應他們什麼？現在每日參與彌撒，求天主照應他們，完全放心，掛念也減了。替有苦痛的親友祈禱尤其要緊。這個世界不太圓滿，人生有許多危難，祈禱的效果我們不能強求，但至少藉此可以互相分擔一些，也是應該的。

這裡有位英國同事，太太也不能來。他的岳父剛去世，岳母病重，他太太得在家照顧母親。他也自炊自洗。我是香港老居民，有許多朋友在此地，還會說點廣東話，他則更加孤寂難堪，今天彌撒中神父特別爲他祈禱。想到他，我覺得自己的寂寞已經好受多了。

最大的快慰是在這裡碰到許多讀者，有人二十多年前看過我的文章，現在已經有了高等學位，成了學者。還有許多在別的情況下和我一起研究過翻譯，現在也負了重任。我都告訴了梅醴，讓她喜歡。

跟老朋友的會晤，歡喜不盡，但不能消除對梅醴的懷念。一是像喝下午茶，一是像吃三餐飯。在夏洛特不覺得在家的福氣，時常想念朋友，怪他們沒有信給我。現在家書時常接到，朋友可以見面，才知道梅醴不在眼前的滋味。

冬已經到了夏洛特，草地就要枯黃，花也謝了，梅醴可以分身，就等一個孩子陪伴她來。我又天天有了盼望。果然上星期來了電報，說行期已定！我不知道她來了能待多久，但即使小住，眼前的寂寞都容易忍受了。屋裡就要熱鬧起來，她的聲音是最好聽的音樂。我知道，她已經十分不放心我了，雖然我動身之前，她總說：「一個人生活，還不自在麼？要是我是你，就舒服透了。」雖然我的信上隻字沒有道過苦，她也覺察得出。我知道她不一定長住，所以並不急乎要她來，但是她急了。她要看看我實在的生活情形、環境。她怕我沒說實話。爲了怕她走，我情願她遲些來，這樣我可以遲些受再分別的空虛之苦。而且我明年暑假要回去，她來得遲些，走了以後不久，我就可以回去見她了，這樣可以縮短分開的時間。

不過無論如何，事不由己，我打算是一回事，實現又是一回事。且等著歡迎她和送她來的孩子吧。我們沒有少年夫婦的熱戀，但也有少年夫婦沒有的話要談。這一次要談的可多了，儘管寫了那麼多的信。許多感受和消息都沒有在信裡提。譬如說，有一次我坐在火車站等最後一班車，其實那天星期天，那班車是沒有的，若不是站上的人告訴我，我會一個人坐到天亮。這類事怕她聽了不放心，一概沒有說。

當然在她來之前，我要把家裡收拾得十分乾淨、整齊。我已經試收拾了一次，有個底子。不過有些掉了的鈕釦，我雖勉強釘了，那是要她重釘的。最可怕的事是襯衫和內衣給我洗「黑」了——每次我總洗不徹底，她洗的可不同，這不是一兩次就可以還原的。

「你看看你洗的衣服！」她進了門第一句就會說這句話。不過我知道這不是責備，是憐惜。她知道，我已經有了驚天動地的成就了。

丁巳小雪後四日於香港

附記一：梅醴來信說，這次來要住到我暑期一同回美。這樣我又巴望她早些來了。

大寒前六日又記

附記二：這篇文章放在抽屜裡五個多月，沒有寄出，今天取出來一看，才發現我來港已經九個月了，梅醴還沒有來，原因是可以送她來的兒子太忙，她要隻身來孩子們又不放心。幾乎到了我回家的時候了。英國同事的太太對我說，在英國她不放心丈夫，來港又不放心孩子和她的寡母。她不多久又回到英國。我懂得她們的感覺。不過無論如何八月底以前梅醴一定要來——不來那張機票就失效了。到那時，我們已經分別了一年，好長的三百六十多天啊！

戊午小滿後三日

接機記

梅醴說好要在去年十一月來，大約是十五號前後。四兒送她，但是四兒的工作忙碌，每年雖然有三星期的假，行期卻不能確定。

由美國寄來的航空信，一般要走十天上下。十一月初我已經少接家書，知道第一、梅醴忙著動身，安排家裡的事，沒有空寫信；第二、她知道就要來港，所以也不急於寫叫我放心的「義」書。很奇怪，信收不到，我竟然不心焦，而且週末在家，也不覺得寂寞，好像家裡已經有了人和我做伴。那個難以打發的空虛已經填實了。

但是到了十號以後，我就漸漸緊張。她到底哪一天來？家裡凡是該準備的，我都準備了，仍舊覺得有欠缺。最大的不安是不知道她路上可太辛苦。上了年紀的人了。他們知道我沒有汽車，到機場接機不便，又怕搭不上班機，我會接個空，所以沒有電報或電話來（我還是在等電話）。

另一個不通知我的原因是四兒熟悉香港機場的情形，他有很多朋友會開車去接他，他們抵達，根本不用我去照應。

十一月十八日我有預感，他們當晚會來。我打電話給四兒一位可能開車去接他的同學，問他可曾接到電報。他說，他早幾天接到信，四兒就在那幾天到達，不過也不知道確定的日子。我知道梅醴到家，需要吃粥，所以在電瓦鍋裡用低溫煮了。她如果當天不來，我自己也可以吃。

約莫八點鐘左右，我一算，他們在美國西岸洛杉磯上飛機的日期，一定是星期五，當晚抵港，過了星期五就要等到下星期二，因爲週末飛機上總是滿座。

我乘火車到九龍還可以接到他們，即使接不到，損失也有限，我仍舊可以乘最後一班火車回沙田，如果接到了，豈不是很好？

還有一個原因要去接，就是他們乘四兒朋友的車來我學校，不是很容易就找到我住的宿舍的，開著車要問幾次校警。我去了，就沒有這個麻煩。

我打電話問機場，說當晚由洛杉磯來的飛機要遲半小時。問汎美航空公司那班飛機的乘客名單，他們不肯透露。這大約是防歹人作歹吧？看來只有碰碰運氣了。

我到了機場，時間很早，但當晚由洛杉磯來的飛機竟要遲很久才到。如果接不到，最後一班火車已經早就開出了。九龍的計程車到了夜裡不肯駛往沙田，幸好機場有計程車公司的華貴汽車可叫，我已經問好了。

我計算時間，要等兩個鐘頭，所以在候機室看書休息。忽然省悟，由舊金山來的飛機馬上就到，他們可能改由那班客機飛來。於是匆匆趕去，乘客已經快要出來了。

我站在那裡，一點也不敢大意。陸陸續續有人走出，各種服裝的中國人，各膚色、各種族的異國人，男女老幼；有的有人迎接，有的沒有；有人高高興興，有人垂頭喪氣；有人疲勞形之於色，有人精神抖擻，我也數不清多少個。他們從我面前走過，我都細看了。可是我要等的人沒有出來。

使我吃驚了一下的是有些人從另一個出口走出。經過打聽，才知道這些是香港旅館接去的客人。我不能同時注意兩個出口，很可能沒有注意到，明白了底細，才放下心來。漸漸地，出來的人少了，從開始到此刻，大約過了一小時左右。我也不介意，反正他們未必搭這班飛機。

我離開家的時候，也防到了梅醴和四兒可能在我之先回家，換句話說，就是他們下了機，我沒有見到，已經由四兒的朋友一擁而去。所以我把門上的鑰匙放在鄰居那裡，在門旁貼了張紙，上面留了話，叫他們往哪一家去取。話雖如此，彼此錯過，到底不是十分有趣的事。

又等了一個鐘頭，由洛杉磯飛來的班機，據擴音器播出的消息說，已經安抵，我又凝起神來。這時已將近半夜。因爲守候觀望費神，我漸漸覺得疲勞，但是最要留心就是這個時刻了。

出來的人裡總看不到梅醴或四兒。我以爲他們應該估計得到我會來碰碰運氣。爲什麼不先讓一個人出來，看看我是否在外面等候呢？沒有。海關檢查行李會很久嗎？一批一批的人都出來了。接客的人已經稀少。看看那些鵠候的人都歡天喜地把親友擁去了。我越來越孤獨、失望。這時才懊悔不該來接機。在家等多舒服！飛機偏偏又遲到，叫我搭不到火車回家。但是人還沒有出來完。隔很久（其實不久），又有一兩個人出來了。看樣子是旅客。大約是最後的搭客了。

我不得不準備獨自回家，反正他們總會來的，即使是三四天之後吧。就在我嘆一口氣，披上外衣那一刻，驀抬頭，裡面徐徐走出來一個人——梅醴！後面跟著四兒和他的兩位朋友。

己未人日於香港

中秋月

去年回港，余光中兄邀我到他府上賞月，當時座上還有幾位詩人和比較文學的學者，大家高吟低唱，逸興遄飛，是我一生所參加的極難得的雅集。那晚我們彷彿一直玩到雞聲都聽到了才散。今年中秋又到余府，這一次有新的朋友，還有到香港來的嘉賓林文月教授和殷允芃女士、劉國松、洪嫻、梁佳蘿博士，黃維樑伉儷，這種盛會，太值得珍惜了。

中文大學四面是山，馬鞍山在一邊如屏，八仙嶺在另一邊如幕，其餘大小崗巒無數，我也不知道叫什麼名稱。馬鞍山腳是吐露港，海水一湖，把大學山下的門外變成了杭州的旗下。對面烏溪沙夜晚燈光隱約，又幾乎是靈隱了。余府住宿舍第六苑，樓高十層，從天臺上望下去，底下的汽車像兒童的玩具，蜿蜒的汽車道也像電動玩具的跑道。月夜從上面望四面的山水，兩次都使我想起西湖的舊遊，有些輕微的惆悵。其實在這裡中秋夜賞月，情趣絕不輸於在哪個人間的仙境。

空曠的校園裡，有些兒童點了各式五彩燈籠，三五成群，那才有趣。燈光的溫暖甜美，也勾起我童年的舊憶，怎麼我以前在香港住了二十多年，竟然沒有看見？城市裡的人太忙，大家太擠，可憐孩子們也不能點燈上街了。美國當然沒有中秋，我總以爲再也見不到燈籠了。誰知道這些小玩意裡藏了多少幻境，多少詩畫，多少滄桑！何況我在這第二故鄉反而是客。

到了將近夜半，獨有新界人家燃放孔明燈。這倒是我在故鄉鎭江沒有見過的。有也許有，多半是我小時候睡得早，沒看到。但見一大串燈籠，點了蠟燭，冉冉升上天空，升得很高，也亮很久，最後燭熄燈滅。我們孩子似的，欣賞這些燈。雖然地上不時一串串有燈上去，天上的燈並不見多起來，總是熄了就沒有人注意了。中秋夜很靜，但是虧了這些燈整晚天空都不太寂寥。

有一串燈剛要上天，忽然大放異彩，我們以爲是特製，看得非常興奮，並給它喝采，誰知道，照畫家劉國松兄說，是燈罩燒著了，一會兒就沒有了。這好像看見一位年輕的天才夭殂，在死之前創出了輝煌的傑作，給人嘆賞一般。

偶爾幾聲爆竹也有王維寫的「夜靜春山空，月出驚山鳥」的情況。深夜萬籟俱寂，突然響起一陣劈劈拍拍的聲音，特別扣人心弦。香港眞太平，人才有這個心情去放燈，放爆竹。我們一想到世上還有許多地方有動亂或戰爭，眞覺得身在仙境。只是遠望淡水湖堤上，閃著平時看不見的燈光，想必遊人不少。光中兄說，如果乘小船到海上（就是馬鞍山下的「湖」），況味一定更美。

去年涼些，略有寒意，今年有點悶熱。光中兄發現，如果把頭伸到屋頂四面圍牆缺口的地方（好似城牆上的雉堞，俗稱城垛子），就會覺察得到從下面吹上來的涼風。他叫我們伸一隻手出去，說會覺得人在飛翔。大家聽了，一一仿作，果然不錯。後來他又睡在幾張並排放著的椅子上，對著明月，說是更有身體凌空，飄飄欲仙之概。因爲椅子不夠，我們沒有試，想必是有道理的。他是詩人，感覺和觀察都比別人敏銳，詩思侵骨，妙語如珠，在座別的詩人和愛好文學的朋友也跟他唱和，把我聽呆了。可惜紙筆不在手頭，否則記下來，不在場的人也可以分享一杯羹。他說，這樣美妙的秋月，校園裡天臺上欣賞的人似乎很少。我曾寫過關島的雲，也不見有多少人觀覽，人在世上大都忙碌，結果享這些不費一文福氣的，只有偷得浮生半日閒的人了。

兩年在余府都吃到特別味美的菜。余太太還備了桂花製的甜點，吃了這一樣，中秋賞月的癮可以算過足了。古人一飯之恩不忘，史家稱頌不置；我這個人別的德性未必有，若說記住這種恩惠的這一件，自問是與生俱來，始終保持的。不過說穿了也不稀奇，無非是嘴饞。梅醴來信，叫我不要常到宋悌芬兄府上吃飯，我的朋友高克毅、胡昌度二兄也收到他們太太的信，叫他們不要常到宋兄府上吃飯，我聽了不禁啞然失笑。這次梅醴又來信，叫我也不可常到余府吃飯，怕忙壞了余太太。她知道我有請才去，甚至叫我有請都要推，這一點我還要考慮。總之中國的男子都太饞了，太太們深知道這個弱點，不約而同要告誡她們的丈夫。一般說來，中國人不管幹什麼都要吃，連遊山玩水也要吃。我在美國每到國家或各州公園，總嫌沒有好的餐館，以爲美中不足。

杜甫一生寫過很多關於月亮的詩，說得它簡直有心眼兒，「只益丹心苦，能添白髮明」；「必驗升沈體，如知進退情；不違銀漢落，亦伴玉繩橫」；叫它「干戈知滿地，休照國西營」；還說「兔應疑鶴髮，蟾亦戀貂裘」。至於他自己，「若無青嶂月，愁殺白頭人」。詩人把月亮當人的自然不止杜甫一人，楊誠齋就寫過「溪邊小立苦待月，月知人意偏遲出」，又說月亮「忽作青白眼，圓視向我嗔」！我並沒有覺得月對我有什麼表示，只覺得這兩年的中秋月很美，也眞玩得歡樂。

倒是十七歲那年在江西做客，中秋夜寫過一首五絕，末了是「孤鴻解憐客，只作兩三聲」，此後似乎再也沒有說過這類癡話，大約生活太散文化了。從前寫過關於中秋的文章裡，我提到小時候敬月宮的事。小琉璃燈點起來眞美。而且故鄉的月餅總是最好吃的——不是月餅特別好，而是小兒的胃口好，味覺敏感。後來在江西十多年，似乎沒有敬月宮的玩意，每年中秋節，有些失望。

移居美國六年，幾乎忘了中秋，總是在陰曆十六七才發覺中秋已經過去了，當然也有些悃然。美國的月亮未必更圓更亮，但是到了秋天，晶瑩而略帶寒意，卻是和中國相同的。何以他們不學中國人，把這一天定爲佳節，大家來賞鑒一下呢？中國人住在國外的小市鎭裡，還到大城市的唐人街去買月餅來吃；吃了恐怕更增加鄉愁吧！

我來港以後，掛念家中人很勤，遇到佳節更甚。幸而跟朋友在一起，不但解去寂寞和客愁；而且享到多年沒享受的淸談和賞月之樂，這哪裡是料得到的？

這兩年我賞月的時候，在美國的梅醴和孩子們正在白天忙著。「一夜鄉心五處同」是不會有的事。他們當時可會記起我這邊正是中秋夜？在賞月，也正在想念他們？最好像我那樣，根本忘記了中秋，等到記起，中秋已經過去了，他們也不會因爲中秋，加倍想念我了。至少梅醴會喜歡過香港的中秋，她不是我和一樣，在江南的城市裡長大的呢？希望明年中秋她跟我一同上余府去。

戊午中秋後二日

香港之秋

我在香港二十幾年，每年過秋天，可是從來沒有覺得秋天特別，早些時忽然發現，這一季可和其他三季不同。像我這樣遲鈍的人往往要經過很久才能悟得出淺顯的道理，秋天的凸出只不過是許多遲覺的事情當中之一罷了，不足爲奇。我有時被人損了，還不覺得。有一次竟去信謝某人，他當然不回信。後來我也發覺了，不過並不後悔，只恐怕被他暗暗恥笑：「這麼笨！」

香港之秋和別的三季不同，就在晴爽一點上。我總覺得這裡的夏季太長，熱倒不頂難受，溼卻溼得人週身都「粘肌骨疊」的，差不多有半年之久；彷彿陰曆年一過，就是夏了。夾在當中的春天就像要人赴宴，來也匆匆，去也匆匆。至於冬天，陰溼的時候似乎多於晴寒，氣溫並不太低，卻很冷。而秋呢，一連乾風吹走了溼，吹去了暑，還吹散了天空飄不盡的雲。彷彿你身上脫下了一套溼漉漉的內衣。這種天氣從十月初起至少要維特到十一月中下旬。你會懷疑這裡不是香港，是廬山，是雁蕩。

說自己遲鈍也不要太嚴酷，連聖方濟那樣有德行的人，在臨死的時候都曾對他的身體道歉，說太苦了它。我發覺秋天的美，也和中文大學的環境有點關係。我曾說，以前住在城裡，終年給水泥的牆壁當蠶蛹一樣裹得密密地，四季沒有顯著的不同。但是中大門口的吐露港那一泓海水鋪了一大塊平整的液體地毯。對面的馬鞍山更像埃及的獅身人面怪（Sphinx），著實雄偉，而背後的八仙嶺聳立，則像是拱衛這個學府的一幅巨大無倫的山牆。夏季的煙雨當然奇幻可觀，我曾把某日所見，寫過一首不像樣的詩：

雨把青山畫幾重
遠山淺淡近山濃
忽然巨筆狂渲染
抹盡東南縹緲峰

不過哪一季的山又能和秋山相比呢？倪高士題畫詩云：

江城風雨歇　筆研晚生涼
囊楮未埋沒　悲詞何慨慷
秋山翠冉冉　湖水玉汪汪
珍重張高士　閒披對石牀

好一個「秋山翠冉冉」！到了秋天，山像披了新衣，剃了頭，修了面，衣服不但新，也燙得平整，洗得發亮。如同從長夏的大夢中醒來，全身都是精神，站都站得挺些。原來是米家父子筆下畫的水墨巨點，忽然換了李家的大小斧劈。又像剛雕刻好的人像，刀痕都很新，很清晰地可以看出。

青天最好看，把山的翠黛襯得更顯，又十分明亮，照得萬物都清醒。我們這裡沒有湖。湖本來是小海，海則是大湖罷了；我們這裡的確確實實是海，小得也確確實實是湖。九龍半島的盡頭忽然像螃蟹鉗伸了出去，又合攏起來，圍了這面水在懷裡，差不多把它和大洋隔斷。面積還不及西湖大，水面只有漣漪，除了起颶風，連大江上的波濤也從來不見。「湖水玉汪汪」正正合適。

我是個清寒人家的孩子，又碰到抗戰和逃難，過了多年艱苦的日子，因此節省成了習慣。即使在一九五幾年從不鬧水荒的時候，淡水也從不用得太多，能保持清潔就算了。看見別人作踐物資，總覺得不捨。當然非萬不得已不坐計程車。早在油荒，能源成問題之前，就是隨手關掉不用的電燈的了。我的西服著了二十多年還是新的，式樣可以舊得又重新時髦起來。汗背心破了就做抹布。這種習慣根深蒂固，有時自己覺得很蠢，有出息的人是多賺，不省小錢。不過我的節省也有惜物的用心。想到世上別的人缺乏物資，就不好意思多用了。不過有我這種脾氣的人，現在甚至以爲秋天寶貴的光陰也可以節省，當然荒謬。

秋天惜陰，也是由貪念而起。其實「人有悲歡離合，月有陰晴圓缺」，更不消說四時的嬗替了。我們只應該隨遇而安，管它陰晴晦明呢。一年之中哪能天天都這樣美麗？世上確有好地方，如美國的加州南部；洛杉磯、舊金山的人不知道什麼是嚴冬盛夏。那些城市好是好極，可是人住在那裡，就沒有了我在香港等候情人一樣地等秋天的飢渴了；等到了，又不會像窮人忽然有了一筆錢那樣地愉快，捨不得亂花了。

我們在香港的人，秋天過去，就打起精神，來應付冬天；春天過去，就鼓起勇氣，認命來挨夏天的日子。上天好像有些不好意思突然太狠心；孟夏時節，雨季來臨，溼裡夾涼，雖然短暫，也是暑的舒緩。黃梅天回潮叫人難耐，情願烈日當空，晒個乾爽。然後是仲夏、季夏的酷熱，霉晒掉了，可也好似把人趕到了牆角，躲也躲不了。好，就忍受吧。衣服溼了，也不用急著去換乾的，因爲汗總出不停的。吾鄉有句俗語，「捆起來背得住打」，所以夏天倒也不會熱壞。我們這時漸漸悟到，夏的淫威也不過如此。

現在有了冷氣，情形當然不同，夏天再沒有那麼可怕了。不過室內的溽暑可以化爲乾涼，天地之間的卻抽不掉；人總有上街搭車的時候。

不管香港的夏有多長久，秋總有來的一天。即使碰到秋老虎，老虎到了夜裡也要睡覺。爭秋奪伏，勝利的是秋。這時候知道好日子快到，連耐性都會好起來的。

今年的秋天，先下了許多「打虎」的雨，等到它站穩了腳跟，就索性放晴。記性壞的人熱昏了頭，恐怕都忘記有過這樣的天氣。心裡懷疑，「會嗎？」這時候，如果愛惜分陰，也情有可原吧！

過了些日子，漸漸有薄薄的非霾非霧的煙靄，另有一種迷幻的美。輪廓不再十分分明，朗爽依舊。再下去就要添寒衣了。

我這樣的人倒不怕冬，怕的是冬太短，後面跟著來的就是纏人的長夏了。一切的罪從頭受起。不過上面已經說了秋總要來的話，這樣說來也就不用怕了。人在享福的時候是不該思前想後的，享就享個夠。抬頭看，窗外正是一片晴色。還是到山上去走走吧！

「何處合成『愁』？離人『心』上『秋』。」這話說得太好！我以前總以爲愁人的指的是秋風秋雨，現在才知道不一定。有一晚我放下工作，獨自一人上山去看晚景。落日前的鮮明淨潔叫人喜歡中還夾了虔敬，疑心不是人間所有。可是這種分秒都要愛惜的光景卻叫我片刻難挨。我發覺朋友、室內的工作和夜裡的睡眠一直在衛護著我，使我安然不知道自己的處境。可是一旦走到外面，形單影隻，我的神經就全暴露在外了。任何粗糙的東西——就連那無比的美景，都可以刺傷我。這是新發現，原來梅醴在地球的那半邊。越是山明水秀，我越難堪。陰雨的日子當然更有孤寂之感，不過遇到晴朗的天氣，就覺得心境和環境正正相反，也覺得獨享毫無意味。「獨自怎生得黑」，我太能體會了。

梅醴來信說，夏洛特天氣已經涼得很舒適了。我的信上，從不說離愁，好像日子過得挺好。上了年紀的人還好意思說相思？也怕說了實況，她心裡不安（雖然不說她也清楚）。家裡還有點事情要料理了她才能來。她也好像叫小孩用功讀書，讀好書有糖果吃似地，來信說，下次來會住很久，一直到我回去，才一同離開香港。我當然不想催她早些來。不過我忽然想到，她看了秋色那樣美，會忘記我不在面前嗎？

我又想到——這樣遲才想到——我們的分別和香港的夏一樣長，這樣，下次相逢不是也和香港的秋一樣美麼？我在香港不是久居，當然團聚是輕易可以得到的，不比香港的秋。這種希望把離愁都化淡了。

附註：「粘肌骨疊」（末字讀如「達」）是鎮江話，除了「粘」，我不知道其餘三個字的寫法。我這樣寫僅憑猜測而已。

金飯碗憶舊

照舊式說法，我五行缺金，所以先二伯替我取名叫做「鑫」。約莫五十年前在南京中大實驗學校讀過書的人大約都會知道「蔡鑫」這個同學吧。（自從我離開南京，從沒有和任何一位舊同學有過聯絡。）不知道甚麼緣故，我不喜歡這個名字——那時並沒有讀「世說新語」，所以不會是受王夷甫的影響。一等離開先二伯的左右，我就換了名字。

但是事有極無法控制的，不久我就捧起了金飯碗。這句話的意思是，那時銀行待遇好，從業員職位穩固，大家都認爲銀行員捧的是金飯碗；而我因爲有先四伯的介紹，竟進了國家銀行四行之一，在內地某支行做起練習生來了。從此十六年，跟「金」結了緣。先二伯在天有靈，一定會笑道：「我給你起名字叫鑫，你不要，你倒整個人掉在金子裡！」

說起練習生，這實在是委婉語弄的花巧，其實就是學徒，也就是吾鄉叫的學生意的。但銀行既然是有氣派的商號，銀行學徒也得要有氣派才行，乃有「練習生」這個美名。不過事實上我們也確有比學徒高一等的地方，就是老式學徒要替老闆娘當差，挨老闆毒打，夜晚睡地鋪或櫃臺，銀行裡的練習生可跟大字號的「先生」一樣，住講究的宿舍，辦公有座位，別人也以先生相呼。難怪人人羨慕，甚至大家閨秀也肯下嫁。

那時候，銀行是大型的錢莊，練習生也跟錢莊的學徒一樣，做的是低下工作。凡在一個機構，老一輩高一級的人都有特權，所有討厭的工作都可以派給低級的人員去做；練習生等級最低，以下並沒有可以推諉的了。我在內地，工作之辛苦，不是今天的銀行員所能想像的。有兩年時間沒有見過太陽。早上日出前到了銀行，吃完早飯工作，中午一吃完飯就伏在案上，晚上吃了晚飯回家，天早已黑了。我們沒有甚麼週末，星期天往往加班。只有陰曆年放七八天假，算是一年的假期了。

我記得我管存款，櫃臺外面總堆滿了人。我核對印鑑（已經成了專家，曾寫過一文談這方面的技術，刊在日後總行的「國外部通訊」上面）。開定期存款的存單等等。晚上還要釘一天的傳票。我們那時，沒有計算機，所以算盤打得不錯。不但加減乘除都行，差不多不用眼睛看就可以打。隔了三十多年，我在美國辛辛那堤電腦公司服務，和同事用電子計算機比較，乘除雖趕不上他們，加減卻比他們快。銀行每年六月、十二月二十日算利息，我們都通宵不眠，趕辦這件事。行方照例請我們大吃，山珍海味，絕不是梁山好漢「殺牛宰馬」、「一連吃了數日筵席」所可比擬的。

我們也沒有打字機，一切表報都用鉛筆複寫，有四五張紙之多，紙又厚，所以我們的中指第一個關節上都有很厚的老繭。後來我做文書，所有的公文全是手抄，而且要用毛筆寫端正的小楷。

當然更沒有電腦。一切人爲。

那時只有電扇。我們住的城市夏天之熱是可怕的。大家坐在辦公室裡，渾身大汗，拚命喝茶解渴。現在想都想不出，那麼多年的苦日子是怎樣度過的。

銀行員雖然捧金飯碗，卻是窮的居多。論生活的舒適，的確在一般人之上，但是薪水到底不是太多，而大家因爲生活沒有多大的威脅，就享受慣了，往往會有缺錢的時候。只有自己做點生意的人可以富裕，不過這也不是人人會的，大抵營業部的人有辦法，出納、文書、會計只有靠薪水爲生。我除了白天的工作，全部的心用在書本上，更沒有發財的路子，五行缺金，放在金子堆裡也沒有用。

除了點鈔票、跑街，銀行裡的事幾乎沒有一件我沒有做過，而且從只有三五人的小辦事處到上千人的總行都在裡面擔任過職務。後來調到總行國外部，還主編過辦事細則，這是一般銀行員極少有機會做的工作。說起老輩的銀行員，點鈔票眞是絕技，那時現金流動量多，一點就是多少萬，當然要快。他們還有點現洋的本領，一疊銀元，從手上滑下，和另一枚銀元擊撞，把贋幣挑出來，又快又準。這些本領現在不大用得著了。

那時我那家銀行的公文寫法很特別，大體上是官式，卻以分支行的名義出面，如上稱「總處鈞鑒」、「某某支行大鑒」，下稱「某某支行謹啓」等，由經理蓋名章。對外才用銀行名義的印。日後我調到總行國外部，發現上級人員用英文通訊，有逕用私人小名的，不免大爲詫異。其實那些在英美留過學的主管，才不管中國的老套呢。我離開銀行已經三十年，不知道現在的中英文信怎樣寫法。

我升任行員不久，抗戰事起，通貨膨脹，生活就很苦了。只有少數人自己做生意（有的利用銀行的方便），可以發點財。銀行要運鈔票，所以都有卡車，最發財的是司機。他們虛報昂貴的汽油消耗量，販運貨物，搭載「黃魚」（就是不相干的搭客），不知賺多少外快。行員到妓院都沒有他們闊綽，沒有他們那樣受歡迎。這件事我已經提過，不再細述。戰前銀行員生活安定，很有些人在公餘玩票、寫字、作畫等等，有些人會有點成就。這也不算壞事。我所服務的地方，農民銀行有一位會拉提琴，我們行裡有一位書畫皆佳，舊詩也寫得不壞。還有一位京胡名手，學孫佐臣一派的。當然也有人專門逛堂子。各種消遣之中以打麻將，後來是跳舞，爲最普遍。

內地風氣閉塞，本不知道跳舞這回事；後來上海調來了一位同事，會拉京胡，是跳舞能手（應該用「腳」），他一鼓勵，大家就熱心學習起來了。隨後又來了一位上海的同事，在健身方面下過功，更精於舞藝。銀行的生活最能培養這種嗜好，從前是設票房，後來是開跳舞會，可見大家的閒情逸致。上海整個銀行界除了這兩個玩意，研究無線電、練拳術、下圍棋、象棋、唱崑曲的人也不知有多少。某行有一位屠君，善學各地方言，各種叫賣，各要人的演說，堪稱娛樂界明星。每逢銀行界聚會，會請他去表演。他如果生在美國，早已下海，成了百萬富翁。

我曾在江西某小城擔任會計主任，發現本行的練習生在市上非常神氣，他們到餐館和澡堂，總受特別的招待。「某某銀行的某先生來了！」有一天當地縣長到行裡，我以爲他找經理，他說：「我是來看你的。」眞把我嚇壞了。事實上我們銀行的主管人員的確和地方長官極有交誼，他本身就是「官員」。行裡也時常招待政府首長，但是後來到了上海，才發現小銀行員算不得人物，一來是太多，二來上海的富商鉅賈也太有地位，哪裡輪得到銀行員。如果在首都南京，恐怕更不出色。

銀行界的要人大致分兩派，一派是錢莊出身，十足是會做生意的；一派是學校出身，學了經濟學、銀行學的，有的是留學生。他們兩派怎樣合作，我不很清楚，不過幾十年前的銀行界就掌握在這兩派人手上。據一位前輩說，他在銀行服務，永遠吃虧。他拿五十元一個月的薪水，做的是八十元的工作，等薪水加到了四百元一個月，又早已做價值八百元的工作了。他根本看不起留學生。

往年老輩的首腦人物都患了工作狂，開起會來往往沒有完的時候。幸虧中國的太太們都很肯吃虧；若在今日西方，她們老早控訴丈夫冷淡，要求離婚了。

在內地支行各上海總行工作，大有分別。在內地，工作辛苦，往往忙得要命；在總行，工作範圍有一定，福利很多。我到了總行國外部，銀行裡請了英國領事館一位名叫瓦爾特的太太教英文。她改我的作文細到極處，不能說沒有得她的益。後來又請了中國自修英文最成功的葛傳槼先生來接著教。此外還請過京劇界內行教過戲，演過一齣法門寺，我飾演只唱八句戲的郿鄔縣令。這都是內地享受不到的。至於合作社供應糖、米、肥皂、布疋等日用品，眞是價廉物美。還有行員子弟小學、醫療所、理髮室等等設備，照顧周到，也是內地所無。

上海職員宿舍之好，交通供應之便，只有銀行界才有。我回憶當時的生活，發現那時一個小職員住的房屋可以和香港的百萬富翁相比。分行的主任階級就有銀行供應司機駕駛的汽車，不用說經理、副理了。如果拿這種情況來說，金飯碗名副其實。

我從內地小行的練習生開始，做到總行國外部辦事細則的主編，工作方面可以說很順利。但在金飯碗變成木飯碗以前，我已經離開了會一輩子做下去的銀行。好像一個人從銅牆鐵壁、不怕風雨而又溫暖舒適的華廈，遷到波濤洶湧、無情大海中一條小船上，領略到種種艱辛，也添了許多生活的體驗和趣味。現在回想起來，也傷感、也覺得欣慰。這件事的細情還是不說的好。

大體說來，銀行員看重責任，也能適應時代，跟別人競爭。一般職員做本身的工作都能勝任，我每每想起某些優秀的舊同事來，總很佩服他們。但是這一行從業人員不少因爲生活安定，上進好學之心不免差些，那分舒適也有些害人。如果有人利用這種生活環境，做研究工作，的確很好。英國名小說家伍豪司（P. G. Woodhouse）就是香港匯豐銀行的職員。

我在銀行裡早就在江西其他報上投稿，到了上海，又替申報和陶亢德編的刊物寫過文章。離開銀行因爲生活經驗不同，雜文的內容當然和以往的大有出入。不過我如果仍在銀行，一定不會譯很多書，卻會多看許多英國的文學作品，多寫些文章。

現代的銀行日新月異，我已經完全不懂。我那個時代的銀行已經過去了，一同過去的是銀行員工作的辛苦和特權。我上面的話等於白頭宮女話天寶遺事，完全是歷史上的陳跡，再不會發生了。

己未芒種於香港

假期雜感

空間三萬里，時間半晝夜，這兩個差距阻住我很久才能回家看看孩子、看看小園林和書。

差不多兩年的分別，五兒早些時對一位友人說我已經離家兩年多了。這次回去經過舊金山，碰到這位朋友，他是個心細的人，告訴我說：「我記得你離家到現在還不到兩年，你兒子說兩年多，可見他想念你。」一定是的了。現代的孩子很少寫信，不像我從前總按期「父母親大人敬稟者」一番。不過這並不是說他們不孝順。內子在家，他們把寫信的責任推給母親，卻爭著看我寫給梅醴的信。等梅醴到了香港，他們要做許多額外的家務，還要澆花剪草。但是按時寫信，也沒有躭擱，還打了幾次長途電話來。

彼此通訊這樣方便，別離的苦已經減輕不少，但是我心裡多想和孩子們歡聚！

他們都已成了人，所以見了面看不出誰長高了多少。該當是他們看我老了多少，白髮添了多少。到了家發現，只是我親手移植的一株小柏樹長得比我都高了許多。繡球花從後園移到門前，鬱金香添了長長的一列，門口又種了三色菫、毛葉海棠，和叫做什麼「虹絨」（諒是紫蘇）和「晶眼」的花草。後園攀緣的玫瑰已經粗壯。孩子們把小林整理，鋸去小樹，草地擴大，格外好看。這些是和我兩年前離家時候不同的。

陶公說：「田園將蕪胡不歸？」我的感覺正相反，小園這樣青蔥幽靜，還要在外面營營，豈不是有點卑鄙嗎？也該回來了，躲在小屋裡面，不和世界接觸，看看書、寫點雜文，過完此生。

地方雖然沒有變，鄰舍卻換了許多戶人家。右鄰是做保險生意的，調去了芝加哥，搬走了。對面兩家摔角明星都換了碼頭，也不見了。左鄰稍遠處一對丹麥夫妻也去了別處。這些人我們平日見面都寒暄，他們走以前總也發現我這個鄰居離了家吧？我們在世上原是寄居，這種遷徙當然是常事，也象徵人生。不過他們搬走也引起我一些感喟，因爲我回來本打算跟他們再交談幾句話的。

我並不是喜歡看電視的人，但以前在家也看新聞和一些特別受歡迎的節目。所以這次回來，急於看那些熟悉的廣播人物。哥倫比亞廣播公司的克隆凱老了一些，兩鬢全成了霜，眼睛下面的皮囊也更大了。不過說話仍舊有以往的衝勁。美國廣播公司早上主持新聞節目的珍·鮑萊是動人的甜姐兒，受千萬的觀聽大衆歡迎，現在已經沒有兩年前的秀麗，聽說公司要換掉她了。別的廣播公司的人也老的老了、肥的肥了一些。若干舊電視節目不見了，換了新的，有的過去成功的，現在失敗得很慘，有的卻繼續走紅，看有沒有眞本錢，節目適合不適合他們演。可想這些人受的壓力有多大，平時多麼心焦。我在家天天看不覺得，一隔兩年，變化就很凸出。人不一定在川上，才會有逝者如斯的感觸。自由世界有機會發展，競爭也很傷人。

香港和夏洛特好些方面是兩個極端。香港人眞多，街上眞擠，但嘈雜聲裡也充滿了生氣。夏洛特像個大公園，樹多地曠人稀。我們住的松鎭，可以半天看不見一個人，除了鳥鳴和偶然馳過的汽車（很少有響聲），什麼聽不到。這是忘記世界，也給世界忘記，最理想的地方，倒很適宜我居住。

孩子們很出我們意外，平時依賴母親，好像單獨不能對付一切似的。（以前他們獨住，生活簡單，當然不成問題。）這一次要管一個大的家，他們居然長得比母親在家還健壯，花和草地都照顧得很好。有一位朋友的兒子在家什麼事不管，到出外讀書那一天，上了船，立刻成了大人，應付環境，不慌不忙，他的父母看了大爲詫異。我發現我家最小的兒子也比我成熟，他告訴我在外處世處人之道，無一不比我高明。只是他教給我的，我未必學得會罷了。我想許多孩子在父母面前，沒有充分發展才能的機會。

差不多兩年不在家，自家人見了當然更親密些。可是家兩年不住，卻變得有些生疏了，我生性健忘，已經不會調撥電灶熱度的高低，不會使用微波爐，找不到茶葉、拖鞋，十足變成了家裡的客人。香港暫時寄寓的博文苑倒是家嗎？是的，至少暫時是。連梅醴半年不在家，回家一時都找不到要用的東西。

回家和孩子們話別是一大樂事，所有信上寫不完的全留下現在交談。不過除此之外，還有書。這些無聲的朋友，個個和我有交情。我即使不細讀，摩挲一下，看幾行也是舒服的。我可以再聽作者說給我聽的話。

近七八年來我的生活有一點極其不妙，就是自己的書時常不在手頭。離開香港以後，幾次遷移，除了在途中寄遞，不能查閱，就是寄到以後，也沒有好好開箱陳列出來。兩年前來港，只帶了一點點參考書，每次寫文章要用資料，往往爲了一個小節，找遍了服務所在的幾座圖書館，耗去算不清的時間。有時根本找不到。這次回家，趁機也把每一本書翻一翻，書上有我畫的線，加的注，寫的感想，看了如逢故舊。在家時爲了想寫英國詩人白倫敦君也是書法家一文，就參考了上十本書。這是在別處絕對沒有辦法找齊的（書上有他的親筆題詞）。我翻的時候不能多看，單看畫過的地方時間都不夠，過一過手也可以引起當年領會的回憶，低徊一番。

十年來，我已經戒買新書，甘心做沒有學問的人。但對書的愛悅並沒有減少，對於讀過的舊書，更有感情，蒙丹納說過，他的記憶力差，讀過的書再讀，都像初讀。我的記憶力更差，舊書當然像新書。

我拭去每一本上落下的灰，順便翻看一點點。譬如皮勃司（Samuel Pepys, 1633–1703）的日記，有一段說他跟情婦的往來給太太知道，家庭有了風波，當晚他跪下祈禱，獨自一人在房裡，心裡想：「上帝知道我還不能眞心眞意地悔過，不過希望上帝給我神恩，叫我害怕祂，同時對我妻子不二，日甚一日。」這句話多麼動人！

又一本是亥斯立（William Hazlitt, 1778–1830）的「時代精神」。他論艾立亞（藍姆）和傑弗利，克萊恩（華盛頓．歐文）兩人的散文，多麼精妙！說藍姆談古書反有新趣，文體奇奧，叫看慣當時油滑、無味、單調文章的人讀來，精神爲之一振。

還有賽林庫（Ernest de Selincourt）寫的關於藍道（Walter Savage Landor, 1775–1864）「想當然耳談」（Imaginary Conversations）的引言，很值得注意：「……我們要讀好多次，才能完全了解他的用意；即使是用心的人，第一次也不能充分欣賞他的作品，……」今天的人不喜歡藍道的文章，原因就在這裡了。

我不能一一記錄，總之即使看幾行，也有極大的快樂。這些書本不該不放在面前的。書不在面前也是人生一厄，從不讀書的人在這方面很有福氣。

不過人生本來是客，這些身外之物不該據有。有了就是累贅，丟也不很容易。離港之前丟了幾百本，後來偏偏要用到其中某幾本，費盡九牛二虎之力，有的找到了，有的再也找不到。今天不買，也是吃了苦下的決心。

到底我還是揀了一二十本散文集帶去香港，明知沒有許多時間看，放在身邊也好。這也是累贅，帶去將來要帶回，又是一番辛苦。人不能省悟有如此，執著！執著！這次越南難民遭受迫害，丟掉一切，僅僅逃出性命（是否有命還不知道），叫人不得不看破身外的東西。

假期中乘了孩子的小汽艇到湖裡去釣了魚，我從來不曾做過這種事情，不知道這是運動。湖上的空氣極其新鮮，釣不釣到魚無關緊要。所以有一天什麼魚都沒有上鉤，我們一樣高興。愛打麻將的人有特別的修養；和牌不和牌不成問題，主要是好好地打。我讀書一定有樂趣，用不著碰運氣，以往不喜歡做這兩種遊戲，本也有理由，不過如果要做，精神上還沒有準備好呢。我要了解，生活最要緊，不一定有所得。

我們靠飛機，才能從地球這面很快到那一面來來去去，不知道要感激多少人。這次飛行，還看到一個奇景。由西岸往夏洛特快到的時候，右首窗外現出一條紅色的光帶，越來越亮。然後又加闊。漸漸紅色中露出青色，雲霧裡一輪紅日在帶下上升。原來我們在上，太陽在下，當中是雲。平時人只看到太陽從地平線上升，落到地平線爲止。人離開了地面，就沒有什麼上下了。

我在夏洛特雖然住了兩年，並沒有把所有可以去的地方都去過。這次趁假期之便去了好些名勝，最值得一遊的是「羽蟲樂窩」（Wing Haven）。園子不大，主人夫婦都已經滿頭白髮，飛鳥時常憩在他們手上吃小盞裡的蟲，毫不畏懼。據説來的鳥有一百三十多種。他們種了各種花草，特別是草，很多種葉子，香味不同，我們只認得出薄荷一種。還有一種臭草，味道很難聞。

園子裡有許多石板，上面刻了名家詩句，聖人的禱文，還有好些聖人的塑像。夏洛特本來已經寧靜，這裡充滿了和平，好像是天堂，叫人忘記身在塵世。

我們去了南部的查爾斯頓，這是有歷史價值的古城，許多美麗的花園每年吸引無數的遊客。這些都不記了。

假期每次一樣，很快過去，似乎沒有能充分利用，也喜歡它已經過去，好恢復生活的正常，等下一個假期。

己未芒種於香港

長跑

晉朝的陶侃爲了習勞苦去運甓（就是搬塼頭，塼今作磚），傳爲美談。今天的陶侃多了，不是搬塼頭，而是練長跑。最近因患癌症逝世的美國議員韓福瑞以前在競選總統的時候還練長跑。福特的首席經濟決策人格林斯班（Alan Greenspan）每天穿著整齊，跑到辦公室。現任美國財政部長布魯門索（Michael Blumenthal）每週沿首都坡陀馬河人行道跑步三次，每次一哩半。這都是陶侃的同志，我知道的就不少了。

不過凡事矯枉過正。一月十六日的「時代週刊」上有段新聞，說新澤西州有位查門司基（Paul Zarmunsky），四十歲，每天跑十哩（一萬六千公尺），保持健康。最近醫生查出，他小便裡蛋白質、紅血球和別的物質太多，這也許是腎炎的現象，可能患了嚴重的腰子病。四十八小時之後再驗，醫生斷定，他患的是「跑步者腰子」病，或者叫做「運動員假腎炎」。據說美國練長跑的有一千萬人，凡是過分辛苦的都會得這種病。詳細的情形無須我多說，大家可查該期的「時代週刊」來看。

我在五十歲那年開始練跑，練了以後，原來日見衰退的身體有了轉變，頗像吃了大補丸似的。一年半之內，由跑四百公尺增加到四千八百公尺。那時工作忙，每週至多跑兩次，每次跑得精疲力竭。不過休息一會就跟平時一樣了。如果連著跑兩天，就有些吃力，所以往往每星期一次。後來發現五千公尺太多，一再減少，現在很湊巧，和布魯門索一樣，早上六點半起身，跑一哩半，就是二千四百公尺，不過我是每天都練，不太累，也夠了。

像我這種上了年紀、半路練跑的人，當然跑得很慢，不過速度也在增加，現在我和年輕的人一起，也勉強可以趕上他們。只有短跑的比我快很多。我覺得，爲了運動，不必計較速度。

長跑的好處很多，第一是精神上的。人到了五十，生理退化，事事會悲觀，自信心幾乎喪盡。但是長跑以後，體力長了，自信心也恢復了。甚至在情緒低落的時候，一次練跑會忘記一切憂慮，立刻變成另外一人。

當然胃口、睡眠都會好起來。我幾十年來極易傷風，每次傷風必重，到末了鼻孔完全不能呼吸，體力耗盡爲止。自從練跑以來，十年沒有得過重傷風，偶有傷風，總極輕微，一兩天就好。脈搏由每分鐘八十多下減到六十上下。面色也好了。我勸過許多朋友，只有一位早上跟我一起運動過。我沒有查過腰子，不過幾次檢查體格都沒有問題，大約這個器官沒有病。

除了長跑，我每天還打太極拳。這個運動我做了很多年，但沒有太認眞做，所以得益不太多，可是我認爲它萬無一失，老少咸宜。我主張兩種運動都要做，各有好處。勸別人練跑，我還有些擔心，勸人打太極拳，卻全不害怕。不過論到益處，長跑似乎大些。我常說太極拳像下午茶點，長跑是一頓飽飯。

雖然到處可以跑，我以爲跑道最好，一是鬆軟，不會傷腳骨，震動頭腦。二是不受車輛威脅，而且也好計數。

練長跑最方便，不必器械、場地，不依靠他人。友人張天溥兄在下雨天，打傘也要跑。他出門總穿一雙帆布鞋。不過在空氣污濁的城市裡，許多灰塵吸到肺裡總不很愉快，所以能住在有跑道、空氣新鮮地方的就有福了。長跑吸進許多氧，這就是營養。

出汗是長跑的另一好處。這種排洩一般運動不容易有。汗出多了要補充丙種維生素，而且容易著涼，所以衣服不可驟脫太多。

我不知道我能跑多久，現有同事某君，已屆七旬高齡，每早都跑，他的精神矍鑠，面色紅潤，似乎沒有跑壞身體。當然他跑得慢，上坡也只步行。我看年輕的朋友可以一氣衝上山，這眞是我們這個年紀的人不能仿效的了。我並不像陶侃那樣，身爲大將軍，帶兵四十多年，成爲國家的棟樑；我只是幼年多病，想活得自在些。其實人生很多苦楚，早些撒手也是福分；把身體練好，延長受罪期限，實在不智之極。所怕的是老了死倒未必，卻舉動需人扶持，纏綿床榻多年，害人自害，豈不是罪過？

所以我能跑一天總要跑的。聽說英國實行醫藥免費供應民衆，練長跑的人不生病，節省很多公帑，所以政府對他們有特殊的獎勵，方法倒眞不錯。若干年前，我在九龍仔公園練跑，有一次市政局不知爲了什麼緣故，把跑道封閉，我當然不便。有一次去跑，還給政府人員趕了出來。一時氣憤，用假名Gladys Wilfrey（大約如此，暗示「快樂妻子」，其實不相干）投函南華早報，把市政局主管拚命稱頌一番。說她丈夫竟然輕信加拿大空軍醫官的胡說，幹起長跑這種時髦的玩意來了，不但把她冷落，還把她的麻將搭子引去一同練跑，害得她十分無聊。幸好市政局長英明，把跑道封鎖，他只得乖乖在家，而且悶極無聊，居然湊她一腳云云。

這封投書隨即刊出，不知是否給市政局看到，第二天我去公園一看，跑道已經開放！這裡到底是民主社會。我有時重讀這封信，也覺得有些英國諷刺文家司威夫特的風格，該譯出來收進散文集裡去的。

人到老年不免要染頭髮、吃補丸、講攝生。我相信的卻是運動，而長跑似乎最好。我不想獨得這個好處，所以除了口頭一再宣揚，文章裡也提到過多次。現在專寫一篇，雖然內容乏味，有傳教的嫌疑，到底用意甚佳。

附帶說一句，有心臟病、血壓高的人不可輕易試跑。先請教了醫生再說。開始的時候不要跑得太快太多。要緊的還是持之以恆。就如現在，早上六點半天還沒有太亮，外面風也很大，被窩裡是很暖和的。而且不論怎樣天天練習，跑起來總很吃力。是哪一股力量把人從牀上拖起來，推到朦朧的冷空氣裡，做這件辛苦吃力、無利可圖的事情的呢？問我我也不知道。

丁巳立春前三日於香港

談 書

梁啓超和胡適之兩位先生都列過必讀書目，當然極其有道理，英國有一位本奈（Arnold Bennett, 1867 1931）寫過一本文學必讀書目，也開出了上千卷書。我生長在內地，少年時候，家道貧寒，十幾歲就做了小銀行員，哪裡能夠讀這麼多的書？等到力量足以買書，早已工作十分忙碌，每天要做許多耗費精神的事，買來的書多數沒有讀完。八年前大遷居，所有的書竟成了要命的累贅，我已經記載過，且不再提。這次回港，不能多帶，又極感不便，就如上面提到的本奈的書，書名就記不確實了，若在家中，一翻就可以知道。要往圖書館去查，不免要花許多時間，而且未必查得到。前天去查一本書，明明在書架上，拿了借書證去借，已經不見了。

因此我想到，讀基本書要趁年輕的時候；要藏書，要在一處住定，而且還有點錢，做防蛀、防濕的手腳。

到了年紀大一些，不免想到日後書的命運。朋友當中書有問題的人並不少。最近某兄就送出去一百多本貴重的西書，還有很多要再送。有一位藏書家要把書留給兒子，兒子求他不要送，說沒有書可以住一所小屋，有了這些書麻煩就大了。古人藏書，費盡心血，結果碰到戰爭，散失或焚燒完了，感到無限痛惜。其實即使安然保存，子女各有專業，也未必愛之重之。賣也不一定賣得出，而且賣書不勝其煩。我有一位前輩，生前是名律師，喜歡英國文學，買了很多書，身後這批存書藏在他兒子家地下室裡，日久不翻，全生了蛀蟲，結果他兒子還得花一筆錢，叫人搬去燒毀。這些書上都有他的批註，本本是寶貝。我本想要了過來，也許在我手上可以保全，不過這個擔子我眞挑不起。幸虧沒有要。

這麼多年我跟書做朋友，想到自己的書買來好好讀的少，沒有讀，丟掉的已經很多，現在不免想到書的將來。今後買還是不買？將來離開香港怎麼帶回去？英文書和若干中文書孩子會愛，其餘的送人都沒有人要吧。我當珍珠的東西，原是別人眼中的垃圾。

很多年前就有人說，書已經太多。我們常常太息，現在的人不讀書了，只看電視和一點報刊。實在誰也看不了世界上所有的好書。印刷術進步也是人類的災禍，光是博士論文每年不知有多少要印成書。還有在大學執教，學問有了高深造詣，升講師、升高級講師、升教授的人的著作。這些學者找個題目，利用公私圖書館，參考幾十上百種著述的心得，寫出大部著作來，本本有學術價值，一年不知道有多少本。還有報上的無數名作家，經常撰述，不知寫了多少宏文，蒐集起來，就是一本本的著作。論文字很爲流暢，論內容，言之成理，我們看得完嗎？

從前有人只懂本國文字，那時印刷術比現在差得遠，書籍已經汗牛充棟，誰也看不完了。現在再加上外國文，更加沒有指望。古人說好學的人「無書不窺」，今天的學者，就休想了。

我們即使不吃飯、不睡覺、不做別的事，也不行。所以許多人什麼書也不讀，常識倒也豐富，做一個輕鬆快活的人。

我的朋友當中，不少學者，他們時常說，某本書非讀不可，某某作家非研究不可。我當然同意。不過我的力量似乎只能喜歡少數的幾本書、幾個作者。我發現，詩、詞、古文要用過一番功，日後重讀才能好好地欣賞。陌生的書，尤其是比較艱深的外文，匆匆一讀，有時候並不能懂得它的妙處。我從前聽朋友說起好書，一有辦法就要買來，大多數並沒有讀多少。現在連要買的心也淡了。聽他介紹，似乎已經結了緣。一方面當然是自己沒有出息；另一方面，也可以說，有了自知之明。我每天有許多事要做，有時候還要聽點音樂，有點什麼消遣。

最近總算買了一部廿四史，但是半年多來，並沒有從盒子裡面取出。一來我在此地是「訪問」，書架不夠，將來要帶走，怕裝進去又是一番手腳。二來陳列出來就要給灰塵落上去。有時要查，當然不便，恐怕遲早要全拆出來。這也是個禍害。偶翻蘇軾的傳，才知道他還是位了不起的政治家。恨自己不能多讀別人的傳記。

在美國總算看了半部「資治通鑑」，後來譯狄更斯的「大衛・考勃菲爾傳」，就停了下來。來港後雜務很多，竟再也沒有有系統地讀書。看來我好像要和書絕緣了。

圖書館裡許多書（大約佔百分之九十以上）是永遠沒有人看的。尤其是大部頭的叢書，只供陳列之用。有的書有人讀，全因爲讀者有個目的，非讀不可：爲寫論文，爲做研究。那麼多書，如果本本細讀不知要多少人、花多少萬小時才能看完。不看，合情合理之極。我看書只得縮小範圍，幾本散文集、詩集，看了又看，十分親切，記得哪一篇在哪一頁，哪裡有好句，這大約是我現在的力之所及的了。少年時代很多光陰在銀行裡花費掉，但晚上讀書，其樂無窮，現在做點研究工作，也偶爾敎點書，反變成了不讀書的人，豈不是奇事？這也不奇。書籍不像餐館的菜（小說還可以說有些像），一下可以享受完。大部書要一行一行看去，難讀的書要細嚼才行，倒好像是維他命丸，不能吞多粒，因此少讀也很衛生。

我也寫過幾本書，這些書難得重翻一次。所以有時寫文章說了的話會再說，實在記不完全。這和說笑話一樣，別人聽到第三次就要提醒你了。世上不少厭物，絮絮不休地重複講無聊的話，希望我還沒有這樣討厭。近年來連報紙都不常看了，因爲廣告太多，而且報上爲了寫文章而寫的文章也太多。我如果很富有，就會用一位秘書，請他替我提重要的消息，剪貼下來，省去看許多爲了不相干的目的或湊篇幅而印出來的東西。電視的新聞也是如此。最好也請別人把我要看的錄下來，重映給我看。不過他是否能完全知道我的需要呢？早晚廣播的新聞還可以聽，此外再看一分週刊，重要的新聞也知道了。

我們的光陰有限，而總不免有人想盡方法要把它耗盡。正好像我們的錢有限，總不免有人想盡方法要把它拿去一樣。（內行欺外行，有一點事要仰賴某一種專業人士，他就要叫你開一張很可觀的支票給他。一位有地位的先生眼睛上生了酒刺，請專科醫生看一看，他輕易給他擠掉，收的費夠一個五口之家過半個月的日子！）

我在沒有人替我剪報之前，暫不常看日報。我並不急急乎想知道許多有刺激性的醜聞，名人的艷史。我雖然還有若干年好活，似乎更加愛惜歲月。再不能爲了身外之事費神，即使有些知識非獲得不可，也不能廢寢忘食，弄得自己神魂不安。

我喜歡書，也要讀點書，不過一切要由我自己來安排。我不能給書累死、窒息死。據說讀報紙才有安全，我也活了不少年了，冒一點險不很在乎。

到今天還在做的噩夢

——抗戰的回憶

凡是年在五十上下的人，都記得抗戰的經過吧。英國在第一次大戰之後，詩人白倫敦君（Edmund Blunden）戰地歸來，寫了一本「烽火低吟」（Undertones of War 一般人多譯爲「戰爭低調」）有散文、有詩，成了不朽之作。但是二次大戰後竟後繼無人，沒有一本有他這麼好的書出現。詩人也老了，又沒有再上戰場，當然寫不出精品，他的詩集「轟炸以後」（After the Bombing）據批評家說，已經沒有往年的精譬。我們抗戰八年，不知多少人從軍，似乎沒有一本創作是家喻戶曉的。何以如此，值得我們研究。

我現在的朋友很多是年輕的，四十上下的人，他們多不知道抗戰是怎麼回事。至於我，雖然沒有上過前線，倒的確是在戰爭裡討過生活。現在有時睡得不好，聽門外汽車聲會做遇到空襲的夢。夢中聽到的是敵機已經臨空，無處可躲，生命危在頃刻。這是日本人給我留下的，沒受完的罪。

我和敵人最近的是他們空襲的時候，這件事眞有很多可說的。抗戰初起，敵機不時空襲內地，那時我在江西南昌中國銀行工作，總行爲了把金銀儲存在內地，早就造了地庫，非常堅牢。記得南昌被炸，我們最爲安全，連省主席熊式輝都來躲避過，不過這種地庫，雖然用鋼骨水泥建造，並不十分堅牢，在下面聽到別處被炸，地震得很凶，也覺得恐怖，因爲如果直接命中，我們一定會給埋在下面，後來總行有遷到南昌的打算，就另造了一個可以挨炸的防空壕，並有抽氣、滅火等設備；而且進出方便。

在南昌期間，我享了防空安全的福，相信全城的人都羨慕我們。不過南昌失陷，我們撤退到吉安，從此就和別人一樣受驚嚇了，我未去吉安（就是歐陽修的故鄉廬陵）之前，那裡曾遭慘炸，燒了大街，死傷人數不少。去了以後，有一天敵機在銀行附近投彈，內子梅醴受了震動，幾乎暈倒，地下室空氣太壞，不管怎樣，她也由我外姑扶著走上地面，這眞是驚心動魄的事；那時日本常派一兩架飛機，駕機的都是空軍學生，練習俯衝轟炸，一批炸過，另一批又來，我們就疲於奔命了。月夜也來，大家往往不得安眠。當時防空力量很弱，雖有高射砲，火力不強，只有聽其肆虐。

到了我們撤退到贛州的時候，我方已經有了雙翼的戰鬥機了。遇到空襲，可以升空迎擊，有時把敵機打下來，不過這時我們還是要到天主堂的地下室去躲的。有一次敵機在附近投彈，大家吃驚，一位神父就行了準備人壽終的宗教儀式；氣氛緊張，可想而知。

說起躲避空襲，人的態度不同正像面孔不同一樣，有人膽子小，一有警報就飛步走下地下室；有人從來不躲。有位美國神父一定要到城牆上去瞧，他說看敵機活動才不怕，我想這是有道理的。我總是避到地下室，大家都認定我是膽小的人了；可是在南昌有一次押運公家的銀元，在火車站碰到警報，敵機在附近用機槍掃射，還投了彈，我責任在身，一步也沒有走，也無所謂怕不怕。

現在回想起來，眞覺得躲不躲都一樣，因爲如果直接命中，倖存的機會極少。那時日機投的炸彈威力很小，今天的可不知要厲害多少倍了。現在如果炸起來，大多數的人休想活命。但日本空軍炸死的我國平民已經數也數不清了，我們活過來的人受的驚嚇還不夠瞧嗎？和我一樣，到今天還做噩夢的人想也不少吧。

美國在長崎、廣島投了原子彈，據說投彈的人被這種殺傷多人的舉動所刺激，變得心神不安。我想他們如果知道中國平民給日軍殺害的情形，不必提珍珠港的偷襲，也許都不會那麼慈悲。

我在銀行工作，沒有嘗到逃難之苦。敵人要來，銀行的汽車先疏散行員眷屬，撤退到安全地點，等到緊急，行員才走。雖然如此，我和梅醴結婚只有十日就分別了，正是別人度蜜月的時候。那時一別，不知幾時重逢，而且戰時生死難測，是否能重逢，也難以知道。那種新婚別離之慘，眞是永遠難忘。我們結婚的最初七年，別離了好幾次，丟了好多次家具，每到一個新地方，重新再買簡陋的應用。在吉安我們住鄉下，點的是豆油燈，連煤油都是奢侈品。

抗戰期間，銀行員待遇並不太好，做生意的人發財，其次銀行裡多數的司機一方面虛報汽油，另一方面帶「黃魚」（就是私搭乘客），個個是闊佬。有些銀行員反仰司機的鼻息，托他們帶小貨，賺一些小錢。有辦法的銀行員跟商人勾結，貸款給他們，做生意有他的分子。小行員往往比高級人員更有錢，我的時間花在讀書上，當然窮得作孽，不過今天回過頭來看看，到底誰佔便宜卻很難說。司機賺得多，花得也多，而且吃喝嫖賭（行員在妓院碰到司機都要吃癟，因爲妓女會撇下他們去陪司機），染了性病和壞的習慣，勝利來臨，他們的黃金時代立刻完結，至於做生意的行員好景也不太久，只有我讀的書還是我的。

記得勝利來臨的時候，我窮得只有一套草綠布的中山服。冬天裡面塞棉襖，夏天做空心老倌。後來做了兩套新中山裝，一套是華達呢的，眞是堂皇，但等調職到上海的時候，才發現只有開電梯的才穿這種衣服。抗戰期間誰從金華帶點絨線回到後方，就成了希世奇珍，看得別人眼睛裡露出艷羨的光來。一架舊打字機要值我們一年的薪水，一輛普通腳踏車要值半年的薪水。這些東西只有在委託行（就是賣舊貨的）才買得到。其實我們穿得雖苦，吃倒很闊。江西本是出產豐富的省份，抗戰期間，產品吃用不完。南昌撤退前，人口減到了一成以下，一角錢可以買大碗蝦仁，或大碗豬肝。銀行裡一向宴會多，內地一到新春，客戶總請春酒，當時有前方吃緊，後方緊吃的說法，我們這方面問心有愧。不過我們雖在後方，也總接近前方，供應軍餉，敵人離我們並不遠，要到緊急才能撤退，總算也替國家做了一點事情。

贛州淪陷，我們又撤退到寧都和景德鎭，這時和重慶已經斷絕，單靠無線電維持通訊。敵人如果再進一步，我們就只有到上海去了。不過其實歐洲戰場已經快要結束，日本軍在中國陷入泥淖，拔足不出，我們雖居虎口，安如泰山；因爲眼看他們侵華用兵已成了強弩之末，但在勝利來臨之前，那一段苦日子總要挨過來的，我們日夜盼望戰事早日結束。

報上讀到日軍的暴行，沒有一刻不痛心。今天事隔多年，我每次見到六十上下的日本人就想問他有沒有參加侵華的戰爭，有沒有在中國幹下了萬惡不赦的罪行。我身為基督徒，當然是主張寬恕的，不過這種關乎整個民族的仇恨，寬恕多麼不容易！單就我家來說，直接的創痛雖然沒有，間接的就數不清楚了。先母和先姊分開八年，竟沒有見面就去世；先姊過度的悲哀提早她的死亡。我的岳母少年守節，撫養子女成人，正是她享福的時候，給戰爭把她子女的事業摧毀，從此多受了許多年罪。先父在戰時去世，根本沒有好好下葬，浮厝的棺柩戰後已經尋找不到。先母去世雖然已經勝利，交通仍舊不便，後來寄放的棺柩被迫火化，使我想到就痛心。其餘的損失，一時也無法計算。

但有件事倒值得一提，戰時我最怕的事是所在的城市淪陷，要受日本人統治。那時時常祈禱不要碰到日本人，一直到抗戰結束，雖然我所住的城市一一淪陷，我都能及時走出。勝利以後，我見到的日本人已經成了俘虜，待遣回國；有的日兵牽了馬匹在九江（就是白居易謫居之地）街上走，威風已經沒有了。還有我見不得別人受傷，儘管我居留的地方遭過轟炸，有不少人傷亡，我沒有見過一個破了皮膚的人。這也是我時時祈禱不要碰到的事。我當時相信，我的祈禱得到回答，感覺到上主確在那裡。

二小兒出生前後兩天都有警報，內子梅醴都可以走避，我們自然感謝上主的安排，那時還是宗教門外的人呢。

戰爭的慘酷沒有筆墨可以形容，友人蕭定韓兄說過兩件事：一是他認識的一對夫婦攜帶了美麗的女兒逃難，碰到了日兵，把他們的女兒搶去，從此沒有了下落；另一件是一位婦女背了嬰兒逃難，給人一擠，等到放下，孩子已經氣絕，因爲小兒的頭重頸子細，經不起擁擠搖晃，我們永遠算不清日本人在中國作了多少孽；他們受的原子彈的侵襲，太不能拿來跟我們受的罪相比了。現在不提倒也罷了，提起來痛心的事太多。

八年是一段長的時期，怎樣挨過，現在不能想像，當時年紀輕，能應付得了，現在恐怕就難了。我時常想，日本人害得中國受苦，自己得到了什麼？他們是否有犯罪感？同樣德國人也掀起大戰，以爲一戰可勝，結果慘敗，是否也後悔，有犯罪感？他們失敗的教訓是否可以爲黷武者戒？我全不知道，打開歷史來全是戰爭，每戰總是殺人如麻，姦淫擄掠；和平只是兩次大戰中的暫歇。人不幸生在戰時，可憐之至，有人一生都碰到，含恨而終。

另一件想到的事是寬恕。耶穌基督教人愛仇，多麼難！但不寬恕又怎樣？人能報復的也有限，我們能到日本去污辱他們的婦女嗎？殘殺他們的兒童？還是掠奪他們的財物？一樣都不能做，國家可以向他們要賠償，這是公道。受害的已經受了，完了。照宗教家的說法，犯罪的要補贖，怎樣做法我們不知道。我們今天接觸日本人，只有跟他們友好；抗戰時期受的苦不能提。遇到日本的婦女我們只有尊敬，日本的兒童我們只有喜歡；不講基督的教義，也只有如此，否則我們就卑劣了。眞有智慧的人不主動做惡事，因爲他們知道，惡事害人，末了害自己。如果受我們害的人連報復也不屑爲，我們就更慘了。別人做惡人只有讓他單獨做，不能參加。做了惡事心頭的罪永遠洗不了，這才是最嚴厲的處罰。

我看害人的人把人害了，再也補償不了。人似乎總沒有充分的智慧，避免愚蠢的行爲，因爲歷史上這種事情總是一再重複的。宗教、道德用處有限，連法律（包括國際公法）也管不了許多。違法的事力氣大的人幹就幹了，制裁談何容易？至於天罰，相信其有的，世上也很慢，也許竟沒有，超乎塵世的，肉眼所不見（註），難以叫不相信的人相信。今日武器精良，滅人的國家，易如反掌，但是摧毀力太強了大家反不輕易使用，還有就是後患可能太大，連自己也要受害，控制不了。這焉知不是天意？但是我們仍舊不敢斷定，是不是有不顧死活的人用它一下——至少恐怖分子有這個膽量。今後人類的安全可能更不如二次大戰之前，我們只有求上蒼慈悲，看顧我們了。

註：據天主教記載，有個人犯了教會所認爲的姦淫——由地獄到他情婦那裡，叫她改悔，重新做人。他在地獄被火焚燒，手滾熱，接觸到那女子身體的部分立刻燙出傷痕，永不消滅。此女後來成了聖人。這是唯一人死後傳來的消息，足以警世，恐怕信的人不多。

憶先外祖閔可仁公

我跟先外祖閔可仁公在一起的時候不多，而且年紀小，才十二三歲；此後先母早已去世，我離開家鄉又久，想搜集一點資料都不行。但有幾件事很值得記下來。

第一是可仁公的書法極好。他寫字的時候我在四面走過一圈看過，筆是直的。他寫一手靈飛經，四小屏條，不打格子，寫下來比打了格子的還齊勻，秀麗挺拔，故鄉的人爭著要收藏。他大多數寫陶詩，所以我小時候「昔欲居南村」等幾首，看得會背。他還有一樣本領，不論什麼禿筆，拿起來就寫字，筆筆秀潤。「書家不擇筆」這句話是極有道理的。寸楷以上他一律懸肘，而且行草都工。有一次我問他寫哪一體，他說連自己也沒有規定，一時興致要怎麼寫就一氣寫下去。

他寫朱子家訓，那麼長從頭到尾一樣工整，沒有越寫越差的毛病。平生會從字跡看人，說有的學生進學很早，不能永壽；有的學生福澤好，從來沒有不驗的。現代西方有筆跡學，從字跡看人性格，談言微中，先外祖早就會這一套了。這也是合乎科學的，並沒有什麼玄秘。他最要學生記住的是字不論寫多少，要首尾一樣。大多數的人開頭還可以，越寫越散，越歪歪斜斜，越潦草。

他的古書之熟可驚。一個人在田裡耕種，十幾個學生念書，誰念錯了他都聽得出。往往大吼一聲，提一句上文，「底下是什麼啊！」四書五經全能背誦不算，朱註都背得出。古人的詩大多記得。自己工詩，古文也自成一家。

可仁公手抄的書不知多少。他的小楷又快又好。多年戰亂，我一點沒有留下他的手蹟，眞是恨事。我十五六歲有極短的時候在他面前，向他請教，他就是活書，講起來滔滔不絕。他教學生只要他們念唐宋的文章，認爲左傳都太古，極有見地。這和他在張之洞水陸師學堂教過書有關，因爲張之洞是銳意新政的人。

中國讀書人不以貧窮爲恥，先外祖在家種田，親自澆糞，衣服總是破了又補靪的。空下來吟詩自娛，念得聲調極爲動人。可惜當時沒有錄下音來。他尊崇朱子，自己身體力行儒家的道理，一舉一動，都有四書上的根據。朱柏廬先生的治家格言他拳拳服膺。不過他也有錯誤，督責先大母舅的功課太嚴，幾乎把他傷害了。後來也覺悟到了，所以對二母舅就鬆了許多。我第一位外祖母就是辛苦死了的。因爲這種讀書人不善於謀生，又不肯弄不義之財，結果苦了自家的人。第二位外祖母雖享高年，也瘦得枯乾了。

他愛書成癖，我總看到他在補書。藏書極多，書上多有他的批註。有的是硃筆圈點的。我小時寫的玄秘塔碑銘拓本有他用硃筆挑選過，凡是結構散的他都不要我臨摹。他不喜歡黃山谷的字，說他太「彪」——這是我鄉土語，就是自命不凡的意思。我倒很喜歡，不過不想學罷了。

他總想有個人傳他的學問。二母舅天資過人，雖習中醫，詩文都極好，但嗜賭如命，沒有做學問的興趣。我的表妹總算讀了許多經、史，似乎可以傳他的家學，但可仁公一死，她就再也不看一個字的書了。我沒有學問，從沒有叫孩子幹我寫作的活動，恐怕勉強他們也沒有用。我十幾歲就離鄉背井，否則常在他面前，也可以聽他講些國學。未必能做他的傳人，對我自己總有很大的益處。這一點想起來也很覺得可憾。我替他抄過文章，他糾正過我許多誤寫，這只是他學問的點滴而已，我已經終身受用不淺了。

我總覺得像他那樣才算有學問。現在的書有索引，每索必得，所以大家不用讀書就可以寫文章。我有一兩位朋友，看起書來不分中文、外文，是幾百本、幾百本看，整個時代、整個時代看的，那似乎才是學問。時代變了，大家拿忙碌來推，不但普通人不讀書，連以讀書爲業的也不讀了。

丁巳立冬於香港

追憶徐誠斌主教

有些和我關係極深的人逝世，我從來沒有寫文章追悼，知道這個情形的朋友會奇怪，何以我會如此恝置。這有兩個原因：一是我和逝者太親，想起來禁不住傷心欲絕，何必再受一次利刃穿心的罪呢？二是提起來不免說到自己和死者的關係，稱讚他們，往往成了變相的自我表揚。不管怎樣措詞，都沒有辦法把自己撇開。

徐誠斌主教逝世已經四年有餘，我在他手下做過事，也可以說和他極熟，但是到現在還沒有寫過紀念他的文章，多少和上面說的兩個原因有關。現在最難堪的哀痛已經過去了。早些時從友人處借來他的遺物和他去世時報刊上追悼的文字，看了勾起好些往事，有的想要寫下來。

我沒有受多少學校教育，但有一科似乎受的教育比學校的還好，這就是翻譯。我在「公教報」三年期間，每天要譯三幾千字的稿，主教（那時還是神父）常常叫我去，把譯錯、譯得不好的地方指出來。他教過多年書，每改我的錯都講給我聽，我想他講得再好也沒有了。他對中文的文法和修辭有特別的研究，常常注意到好些別人忽略的地方，雖然他並不以中文擅長著稱。我講這種事，就有標榜之嫌，不過他教的人很多，也就不足爲奇了。

我結識主教是很偶然的，第一次是在友人宋悌芬兄家裡碰見，那時他還沒有修道。後來他做了神父，叫我去幫他辦公教報，替他翻譯。以後三年他改我的譯稿，隻字都不放過。並不是特別要訓練我，而是他辦事認眞不苟，一點不肯將就。他是眞能消化英文的譯家，我自信沒有一個學翻譯的人有過這樣好的老師，細改他作業的。那時我已經寫了將近廿年的散文，出過三本集子，創作在「公教報」發表的卻極少，因爲他並不重視我的創作。只有要把外文改作，才叫我寫，其餘全是翻譯。不經他指定，我絕不自動寫文章，並不是爲了別處投稿可以賺稿費，而是怕寫的文章不夠他認可的水準。

他這種智慧高、文學修養深的人，好文章看得太多，所以自己也不想創作；看起時人的文章來，十篇有九篇不很中意。因爲我覺得像他這樣的人，很難是創作慾強的。倒是愚騃些的人會亂寫許多。

我一生認識的人也不少，其中當然有才學俱優之士，叫我欽佩萬分，但是很少有人可以和徐主教比較聰明的。他除了廣東話沒有說好，什麼事一做就精，很快超過內行，這是認識他的人公認的。單說幾件事，我進了公教報不久，他就兼管公教進行社的事務，每天要看收支報告。他因爲我做過多年會計，曾問我表上借貸二字的意思。說起借貸，有整本的書解釋，專家甚至著過借貸的哲學那樣高深的書。我不是專家，只儘自己所知，給他說了一下，他立刻就懂，再沒有問過第二次。

他後來又辦天主教印刷所，不多久算起生意上的帳來，清清楚楚，從業多年的人也不及他精明。他爲香港教會的經濟用了很多心，理財是專業，連專家都會覺得頭痛的，他處理起來，卻遊刃有餘。連駕駛汽車他都比別人高明，這是他的司機對別人說的。

這些小事太不足道，他修道是半路出家，但是因爲書讀得多，頭腦比人強，結果神學、哲學（最深奧、最可怕的兩門）都獨有心得，老一輩的神父對他也存尊敬的心。他的英文之精，恐怕中國人裡不多，事實上許多受了高深教育的英國人、美國人寫的文章也經不起他評閱。他們的文章到了他手上，他就要大改特改，他們無不心悅誠服。「他是牛津的啊！」他們會說。中國人講流利英文的極多，但是口吐珠璣，用字精確巧妙，極少的人可以及得上他。他只要開口，就有風趣，而且英文簡潔典雅。

他就是寫張便條，也叫人讀了又想讀。可惜散帙，沒有人收集，印它出來。我手頭沒有他的英文信，只記得有一次他出門，寫信給英文公教報（Sunday Examiner）的一位同事，大意說那天氣太美，可也不大好，叫人忘了正務，做起事來反不起勁了。總之寫得極其幽默。

主教身體不強壯，那麼瘦小，卻有那麼多精力，做那麼多的事，頭腦裡有那麼多學問、見識，這是我覺得最希奇的事。他正犯了諸葛武侯的毛病，事必躬親，結果是「食少事繁，其能久乎？」他件件事親自動手，原因很簡單：別人做總不能叫他滿意，或者甚至躭擱下來。記得有一次他叫秘書查一個卷，查來查去查不到，到底還是他提出該在哪裡找，才找到。他笑笑說：「我還能靠你們幫忙嗎？」我想武侯當日大約也是如此吧。人有了這種求全的精神非有鐵打的身體不能生存。無怪他們的蠟燭比別人的熄得早些了。像武侯一樣，他是鞠躬盡瘁，死而後已。

聽說最後的一年他心臟病已經很重，他還是絲毫不愛惜自己，日夜辛苦工作，幾乎是加速朝死路上走去。我不能斷定他是否存心如此，還是萬不得已。有一點我可以斷定，就是他早已把生死置之度外了。英國詩人吉卜齡寫過一首詩，大意是有個逃兵怕死，結果被處死刑，詩人說他這樣死好受些，因爲眼睛是給蒙起來了的。人能夠看穿了生死也是福氣。

我上面說的是他的才學，其實他的德行應該細說才對。這也是千頭萬緒說不完的，而且大家都很清楚。我只想簡略講幾點。第一、他是正人，是位眞正的司鐸，品行高潔。第二、他爲教會、爲社會、爲朋友，不知用了多少心力，幾乎捨了身，所受到的打擊不知多少，不知多重，任勞之外，還要任怨，以他的才學，本來可以安然享受人世的榮華，他卻選了叫自己吃苦的路。這樣有才、有德的人本來可以做許多事情，但上主不要他多受累，是我們所不能了解的。不過我們怎麼能知道天意呢？天有天的安排。也許會對他說：「夠了，你苦吃得太多了，回來吧。到你享福的時候了。」至於對我們，上主會說：「主教替你們力出夠了，還不該休息嗎？」

不去提中國天主教會、香港教會、甚至香港社會失掉了徐主教有什麼損失。拿他生前的朋友來說，大家可不能像他自己那樣，把他的生死不當一回事。這個損失太大，幾乎想不出有什麼方法可以補償。我從前有什麼疑難總向他請教。甚至英文看不懂也去問他。（每次他從不多想，立即作答，清清楚楚，不含糊，沒有保留。

我知道向他請教的不只我這樣淺薄的一人。）我和他的另一位朋友時常會談到他，我們有時會忽然覺得，主教不在了。然後才發現，自己多不幸！

丁巳小寒於香港

可笑的事

早些日子美國民主黨競選失敗過的韓福瑞公開表示，他不參加這次競選，但如果黨要他出來，他、人是現成的。他說，他這個年齡，不能再做別人覺得可笑的事了。說完不勝感觸，竟對著電視鏡頭，熱淚縱橫。

這個景象很使我感動，他那句話也打動我的心。韓福瑞今年六十五歲，中國人的算法是六十七歲，雖然精神很健旺，辯才無礙，而且擁護他的人很不少，可能有機會當選，但他鑒於以往那次失敗的慘痛，寧可不做總統。另一方面加州現任州長布朗，才三十八歲，參加競選很遲，居然極能號召。他明知這次給民主黨提名的機會極少，但先給美國人認識一下，四年後大可捲土重來，那時憑他的學問、精力、幹勁，恐怕很少人能夠匹敵，再進白宮不遲。

這兩人對照最鮮明的一點是年齡。我們雖然喜歡講老當益壯，這個「當」字了得！即使勤於鍛鍊（現在年老的人鍛鍊身體之勤苦可驚，就如韓福瑞就練長跑），體力比四體不勤的少年強，也無法忍受別人眼睛裡的可笑。在韓福瑞這個年紀，別人請他出來，他可以替黨、替國家做事，要他去打沒有把握的仗，他不能。而布朗則無仗不可打，即使慘敗，也沒有人覺得可笑。這筆本錢好雄厚！

千古的偉業一開始，甚至中途都不是穩操勝算的。有大成就的人遇到的失望挫折，比看到的成功遠景多。漢高祖劉邦參加亡秦的鬥爭，一直比不上項羽。後來被項羽所困，性命幾乎不保。接著退到漢中，以後在彭城大敗，被困睢水，若不是大風把楚軍吹亂，他跟數十騎遁去，恐怕就沒有漢了。此後還有兵敗失勢的時候，而且他得到蕭何、張良、韓信、陳平這些謀臣的幫助，都是起義的時候不知道的。

從漢起，以後歷代開國的人物，無一不在敗陣中學到乖，一再跌倒爬起，才能成功。不但開國艱難，別的事凡帶些開創性質，或某人改換行業等等，無一不是如此。「可笑的事」正是一切成就的要素，不過要有歲月可等才行。

年齡固然是一大障礙，另一個障礙是某一方面的成就。譬如一個人本身是劍術名家，他似乎犯不著再上球場去獻醜了。本來是一無特長的人，儘可跌跌滾滾，笨手笨腳去練好一樣技能。韓福瑞是國會議員，可能做到議長，比總統的威風少不了多少，辛苦就少了許多。（已經宣布要退休的現任議長阿爾伯特就不要做總統，因爲前任總統尼克森下台前一度副總統位置空懸，當時水門事件鬧得兇，尼克森隨時會垮，照憲法他垮了就由國會議長接任。阿爾伯特表示不願意接任，並竭力促成福特副總統的任命。）以他這樣的身分，當然犯不著再去競爭沒把握的總統。

美國電視廣播界的克隆凱（Walter Cronkite）幾乎名聞全球，在美國眞是家喻戶曉，受盡了尊崇和熱愛。這次有好些人想請他出來競選總統，他不肯。他如果出來，不見得不能成功，但他犯得著嗎？在我看來，他就是電視廣播界的皇帝。他每天晚上坐在哥倫比亞廣播公司那張桌子面前，主持新聞廣播，連總統也要看、要聽。他不用做總統，而且到了他那個年齡，他也不能做叫別人看了可笑的事。

許多大事是顚躓促成的。「讀者文摘」的創辦人瓦利士本來在通用汽車公司任職，給遣散了，才在圖書館找資料，編他那本雜誌的。如果通用公司好好用他，他至多不過是個成功的經理。而今天他等於是一個小王國的國王。小康，小有成就，小有名譽，都是大事業的敵人，不用說相當的富裕、成就、名譽了。早期移民到美洲，後來有了事業的人，大多數不是在歐洲本國得意的；他們千辛萬苦到草萊未闢的新世界來，不是在本國受夠宗教迫害，就是前途黯淡，反正待下去也是受苦，不如闖一闖，博一博。

不過上面的話只是說，人要有大作爲，就應該具備的條件。幸福並不一定靠偉業、盛名。不一定人人要做總統、首相、部長、公司創辦人。太公望在渭水之濱釣魚，快樂之至，不遇文王也無所謂，韓福瑞跟尼克森競選失敗，曾經到大學教書，也不失尊嚴。（順便說一句，尼克森那次如果敗在韓福瑞手上，倒是他的福氣。）人要緊的一件事是管好自己的事。做個廣播員成功就有面子。連理髮、掃公園都可以贏得別人的尊敬。有人喜歡創，有人喜歡守。正好像大多數人在平地生活，只有少數的要征服額非爾士峰。有史以來漢高祖那樣的人不多。

我說管好自己的事還有另外一個意思。我們不一定要做總統，不一定要鑽營，但是不妨專心研究一樣東西，即使是集郵也好，日積月累，有了成就，可能是某一方面的專家，有人來請教，不求聞達，自然有無上的快慰。如果是可以致用的，也不妨益人益己，名利雙收。這種成就，沒有什麼可笑的地方，往往是水到渠成，不求自來。太公望對於軍事政治，一定是研究了一輩子的。

老年

不知從哪一天起——就像春草出土，秋葉辭枝一樣，我想到了老年。

我早就看到人老了，「老」了，可沒想到自己會老，好像億萬富翁不會想到窮一樣。有一次，一位世伯對我提到他女兒的婚事，說他自己「不會永遠活下去」，那時他已經六十多歲，我聽聽似乎有道理。十多年後到底他應了自己的預測。現在輪到我想到老年了，想到人伸腿瞪眼的事。

憑你多健旺，老年總是老年。我在五十歲那年開始練長跑，十年來沒有停過。現在住的地方不遠處就有跑道，除了陰雨，每天早上六點鐘起身就去跑幾圈，成了習慣。所以走路輕快，上坡不吃力，不大喘氣，不像花甲老翁。但是齒牙已壞了一些，近來裝了假牙，究竟不很舒適。還有別的許多苦惱，諸如記憶力衰退，說話架架不休等等。以前看見年輕貌美的女子，會有妄想，要克制就很吃力，現在覺得做人家的父親年紀都有餘——幾乎和人家的祖父可以稱兄道弟，想到這一層妄念就退縮了，不必我再費力。看見明秀的女孩子，也可以坦然讚她幾句，不以爲羞。

前天有位長輩談起他在加州見了另一位比他還老的先生，九十多歲了，舉動需人扶持，兩目昏花，很可憐。那位老先生本是極健康的，中國近代史上大有名氣。我十幾歲的時候見過他一次，那時他已經禿頂了。現在我已經在老人群裡，他該到哪裡去呢？我那位長輩嘆息說，老年（他本人已經年逾古稀）眞是問題。他精神矍鑠，時常到海外開會，吃飯、走路，年輕的人不能及，可是無論怎樣，總覺得自己老了。我就冒昧地對他說，不用說您了，就是您這個晚輩我，也有同感。我們一致認爲，最好不要拖累別人（尤其是子女），日後要快一點——

可是這又哪裡由人作得主的？有宗教信仰的尤其不可以自動了結自己的一生，要等上主召喚（是否「寵」召，誰也不敢說）。我們談到大家認識的幾位老人家，大有感觸。一位九十多歲的老太太一向精神極好，和我很熟，這次見了我竟然不知道我是誰了。據醫生說，這樣年紀的人打個噴嚏都會打斷肋骨。雖然可以治好，也把兒女急壞了。另一位九十多歲的老太太時常有些病痛，她的兒子是最孝順的。也覺得壽並不是福。中國人喜歡高壽，一百歲還嫌少似地，要多少才稱心呢？這實在是不可解之至。

現代的人都很忙，誰也照應不了誰。兒孫恨不得親自服伺上人，但是他們有千百義務要盡，實在不能兼顧。做父母的看他們忙，不捨得他們，倘使精神還好，情願多照應他們一點。精神不好，要他們照應，心就不安。從前的人家裡即使貧窮，也沒有現在這樣忙。現在單是從家裡到工作的場所，就夠辛苦的，工作完了，還要回家，這一點住在大都市的人都知道。從前富有的家裡僕人成群，老人家自然有人照料，還可以找人來陪他們打麻將。這也許是大家喜歡長壽的原因。紅樓夢裡的賈母有那麼多的人湊她的趣，若不是家敗下來，她活得可不算壞。不過現代美國一位總統的寡母都一個人住在鄉下，不用說別人了。這個時代的老人家，大多數巴不得早一點上西天。

英國某醫生時常弄點藥把老人家吃死，不知結束了多少耄耋的性命。我聽了本來極為震駭。現在一想，覺得他真有些人道，雖然天理不容。中國燕京大學的校長傳涇波在美國照料老校長司徒雷登，替他的兒女代盡人子之道，在美國成為大新聞和美談。恐怕他也是做這種事的最後一人了。

早些時跟一位長輩的太太通電話，她說，她最近身體也不很好，她先生已經是八句老人，雖然還在工作，有什麼事隨時發生，也在意料之中。萬一如此，她就要應付新環境了。他們是富有之家，不會爲生計發愁，但是老年的問題貧富一樣，把自己交給誰？怎樣才有人做伴，才不寂寞？

人到了老年，不管如何榮華富貴，也一無可戀。最不幸的是兒女大了，不用你再爲他們操心了；社會嫌你老，不用你再替它服務了。你毫無用處，就是等著那不可避免的一刻。人沒有不害怕死的，也諱言死，但是到了這個時候，死就變成求之不得的解脫。這是天地大仁。退休以後的人大多容易衰老，容易生病，容易死，我已經提過。美國大城市的老者住公寓，受歹徒敲詐、勒索、毆打的，不知多少。他們辛苦了一輩子，有點積蓄，還拿養老金，但坐在公園裡餵鴿子，走廊上看報紙；有的死在牀上很多日子才被人發覺，這種高壽還是沒有的好。少年人要忙前途，爭名奪利，辛苦吃盡，末末了原來如此！但是誰又有更好的主意呢？

吾鄉有句不通的俗語，「人不到頭人不知」，意思是不錯的。人不到老年，不知道老年的心情。世上儘有萬種誘惑，等到胃口一倒，就什麼都非看淡不可了。倘使在沒有太老的時候，就想到老年，凡事看淡一些，或者對自己的爲人有點益處。不過這也要看人怎樣想法，也有人因此更加貪得無饜的。

有宗教信仰的，死更是好事。人一生忙的就是死，死前良心有交代，然後開始永生。佛教、基督教的看法，大體相同，只有小異。別的教相信的也一樣吧。不信仰宇宙有造物主和天堂的，也可以達觀。抱這種看法的人在世上儘量過好日子，一旦活不下去，就泰然撒手。總之人在世上歲月有限，到了六十歲總警覺一些。

我們家鄉把老者的死亡當喜事辦，叫做壽喪。子孫雖然掛孝哀哭，眼看上人多病衰殘，不能活動吃喝，一旦痛苦解除，永遠休息，也未嘗不暗暗透口氣。相信他上天堂，或就此完結，都沒有關係。一個人即使沒有活足，若是得了痛苦的不治之症，如癌、哮喘等等，忽然什麼苦也不用受了，豈不很妙？

先二伯中年喪偶，說過「大不幸也」的話。老年喪偶又怎樣？我一位叔祖母去世，叔祖哭得傷心欲絕，他一個人又孤苦地過了好幾年，雖有兒媳服事，情景也很凄涼。這等於身體一半死了，精神全部滅亡。我另一位伯父去世不久，他的繼配也跟著過去；伯母年紀並不太老，一定是失掉了生存的意志和願望了，這是可以索解的。但是眞正到了八九十歲，這種死別的悲哀也淡了。第一，死者已經老得不成人像，再說，本身在世也爲日無多，先後差不了多久。至於老夫撇下少妻，情形就不同一點，不過年齡太懸殊是早就該想到的。

老年喪偶再婚，爲人不諒，不知道身當其事的人，長日無聊，無論寒暑，每天怎樣打發？找個上些年紀的伴兒說說話也是好的。

上面說了這許多悲慘的話，其實老年也可以過得不太糟糕。不用說許多人在老年創了功業，如太公望之遇文王。隨後文王立他爲師，武王尊他爲師尚父，武王滅紂，有天下，他的謀畫居多。他的老年一點沒有廢掉。就是平常的人也可以把餘年花來替別人謀點福利。只要還有人用得著他。譬如替教會或慈善機關盡點義務，教點學生等等，可以添許多生趣——也眞可以延年益壽，一直忙到倒下來爲止。

現在爲了給年輕的人出頭的機會，各國都強迫六十以上的人退休。實行以來，有利有弊，老年人最受害。美國的法律已經修改，延長到七十，聽說還有人反對，大約是年紀輕的。我認爲老年人只要有工作就行，不一定仍舊把持高位。有許多方面誰也不能逼老年人丟手不幹。南宋詩人陸放翁老年的佳作極多。書畫金石名家吳昌碩、齊白石，老年繼續創作，幾乎全是精品。英國的小說家哈代一直寫小說，是這一行的頂兒尖兒，到了老年（五十八歲起）忽然寫起詩來了，一鳴驚人，一直寫到八十八歲爲止。這樣過老年和少年有什麼分別？倒是許多少年終日吃喝玩樂，什麼也沒有做出來，未老就先朽了。

我也無須舉出多人來，總之有些方面，法律是不能強迫人退休的。著述、研究等等，老了還能繼續。不過保存自己精力很要緊，一旦衰弱，神智不清，就眞老了。少年人荒唐，還可以回頭，老年人如果不攝生，就休想能再振作了。孔子說他一生從三十到七十，一路都在進步，叫人欽佩，也給後世準則；但老人應當戒的話，他沒有想到。顧炎武把傅青主怪了一頓的話，是值得老年人記住的。

丁巳小雪於香港

附記：傅青主曾勸顧炎武納妾，說他還可以生子，他信了，結果百病叢生。但是這句話近代的西方人不相信，頗有一番議論。我從許多事實看來，覺得中外一律，顧炎武怪傅青主的話終是有道理的。

認錯

我自問是個擁護女權的人，關於這方面的文章也寫了不少了，雖然我對內子梅醴總有些覺得欠她的債太多。不過中國男子當權幾千年一向作威作福，佔盡了女子便宜，「大男人主義」的毛病哪裡是一兩代就醫得好的；無論我怎樣替女子說話，也免不了露出自己的狐狸尾巴。

且說有一次，我參加天主教人士的座談會，討論女權問題，在座有美籍的太太數人，一一發表意見。我也知道，儘管美國女子的權力幾乎大過男子，娘兒們仍然有許多牢騷。後來不知怎麼我表示，母親照顧兒女比父親好，因爲做母親的心細，有耐性，並舉我家的梅醴爲例，說她對兒女的週到，是我沒有的。當時一位美國太太就說：「這是條件反應的結果，不是男女有不同的地方；女子帶慣了孩子，才有這個現象的。」她補充道：「如果父母一向就共同帶孩子，情形會不同，父母是一樣的。」

她說話的口氣略帶譴責——也許是我心虛才有這個感覺——我立刻就認錯說：「一定是的了。您看，我的大男人主義在作祟呢！」

不多久，我和另一位中國太太提到某某夫人，我說她賢德的名聲是大家都知道的。

「你的意思是，她是那種犧牲一切的『賢妻良母』嗎？」她簡直有些生氣地問。

我知道，我的話又出了毛病，於是連忙打招呼認錯：「您看，我的舊腦筋就是這麼沒藥救的。我的確是那個意思。」

這兩件事給我的印象很深，或者倒不如說教訓很大！我對自己說，你以後說話得小心點兒，不要老讓人抓著了把柄。

幾天前，三蘇兄請我和喬志高兄（千萬不要叫他喬志，叫他喬先生不要緊，雖然他姓高），席上有當今的名女作家多人（爲免別人批評我學從前的人說「我的朋友胡適之」或更大膽一點，「適之」長，「適之」短的，我暫不提她們的芳名），我的確是「抓住一把脈」（註）跟她們說話的。

我存心要討她們好，就提到有位女作家的字寫得眞好，「跟男人的一樣！」我怕不夠分量，立刻補充一句。「男人的也沒有她的好！」

誰知這句話剛出口，立刻有兩位女士（也許三位，我當時一嚇，早已像挨了當頭一棒，分辨不清）指著我鼻子說：「你的意思是，女人的字應該比不上男人的，對不對？」她們要不是因爲三蘇是主人，我是客人之一，說不定聲音還要響些。不消說，我連忙認錯不迭。我怪自己：「怎麼！酒還沒有灌醉，就自拿磚頭自磕腳起來了！今天酒席上都是才女，你得小心點兒呢！」

我們一路談下去，談作家、談時事、談文字方言，非常有趣。談到考試，我爲了表示對女性的尊重，我說笑話道，要是叫我看入學試的卷子，女生的我會多給一分。不過，我說：「卷子上看不出性別，因爲男女的字跡都是一樣的。」我自以爲這句話再得體也沒有了，足以把剛才闖的禍彌補起來。我端起杯來等她們哪一位稱讚我一句。

但是她們還沒有來得及開口，我已經覺得不對了。當晚的教訓加上前兩次的，已經把我教乖了。也就是（我教人翻譯常常說起的）更敏感了。我知道方才這句話又有了語病。根據自首的犯人罪減一等的法律原則，我立刻就高聲說（用現代話是

「發出了一聲尖叫」）：「你們瞧，我又得認罪了！剛才這句話說得不對。男女平等，哪個女子要人偏袒她！難道她們跟男子公平競爭不行嗎？」我看在座的幾位本來要大興問罪之師的女士，果然態度緩和了下來，好像在說：「罷了，虧你還有點兒腦筋。」我嚥下了一口冷酒，嘆口氣說：「你們看，中國的男人多不可救藥。自大的毛病深了，一開口就露出馬腳來了！」

說實話，像我這樣的中國男子，談女權運動還差得遠。根深蒂固，總覺得男女有別，雖然不一定以爲女子遜於男子。現代西方女子爭取平權的無不憎恨「有別」這一點。所以以前那種男子要保護女子，獻慇懃、搶著做東道這一套，她們全不喜歡。我們有時拍馬屁都會拍到馬腿上。男女平等不是容易講的。

原來人是什麼樣出身，一開口就會現出底牌，記得有一次我跟一位千萬富翁談天，我問他往來港九，停車是否麻煩（我當然知道他有汽車），誰想到他回答說：「有司機呢！」我這才明白，像他那樣的人是不開車的。中國有位皇帝聽說天下大饑，就問大臣：「那麼他們爲什麼不吃肉呢？」這是飽漢不知餓漢飢最好的說明。

我們永遠不知道另一種生活圈裡的人想些什麼，幹些什麼。我只知道，最高級的餐館叫窮人想到會口角流涎，但是有地位的人天天去那種館子，會怕去。最好吃的是家裡的素菜白粥。中國人以前相信輪廻，一個人在前生做媳婦，今生做婆，如果還記得前生的事，待媳婦會好一些。可惜不知道。不過即使知道，也可能待媳婦更刻薄，誰能斷定呢？君不見有些做過夥計的人，一旦做了老闆，比他從前的老闆更要吸人的血嗎？女權只有女子去力爭，靠男人良心發現是不中用的。

註：這是鎮江話，意思是「如臨深淵，如履薄冰」。

古代中國的男女地位

清朝的俞正燮（字理初，一七七五——一八四〇）是位學問淵博的大儒，尤其是位了不起的思想家。我從前不滿「聊齋誌異」的作者蒲松齡對女人的態度，很受友好的批評，以爲我用天主教的態度，責備十七世紀的古人。不過等我讀到俞理初的「癸巳類稿」和「癸巳存稿」以後，就發現蒲公（一六四〇——一七一五）去世不久，就有人說了我要說的話。這樣說來，我的責備賢者，也不能算苛了。（我寫論「聊齋誌異」的文章並沒有完，就因事耽擱，結果稱讚這本書的話始終沒有說出來，冤枉給了人我憎惡「聊齋」的印象。）

「類稿」裡有幾篇文章都極重要，「節婦說」就指出「男亦無再娶之儀」。他說：「古禮，夫婦合體同尊卑，乃或卑其妻。古言終身不改；（言）身，則男女同也。七事出妻，乃七改矣。妻死再娶，乃八改矣。男女理義無涯矣，而深文以罔婦人，是無恥之論也。」這是多精譬公允的說法！他引許多古書，說明女子再嫁，與男子再娶的相等，末了說：「其再嫁者，不當非之。不再嫁者，敬禮之斯可矣。」又多麼通達。

關於這一點，我最近重讀「閱微草堂筆記」，發現紀曉嵐正是作「無恥之論」的人。

「灤陽消夏錄四」記載：

> 沙河橋張某，商販京師，娶一婦歸，舉止有大家風。張故有千金產，經理亦甚有次第。一日，有尊官騎從甚盛，張杏黃蓋，坐八人肩輿。至其門前問曰：「此是張某家否？」鄰里應曰是。尊官指揮左右曰：「張某無罪，可縛其婦來。」應聲反接是婦出。張某見勢燄赫奕，亦莫敢支吾。尊官命褫婦衣，決臀三十。昂然竟行。村人問其故，婦泣曰：「吾本侍郎某公妾，公在日意圖固寵，曾誓以不再嫁。今精魂晝見，不可復言也。」

這個故事裡有一個教訓：即使是妾，男人死了也不可再嫁，紀曉嵐編出這種鬼話用心就是如此。我時常覺得中國古時男子自私得可恥。自己娶妻還要納妾、宿娼，那且不談，妻妾卻要絕對忠貞守節。活著霸佔幾個女人倒還可以了解，死了不肯放，是什麼話呢？貞節牌坊還不夠，再造出許多故事來嚇唬女子。以前我只知道蒲松齡不公道，現在才知道從前大多數的男子同樣荒謬自私。他們常常寫寡婦再醮，不得好死的種種鬼話。

不過更古一些時代的男人還要厲害，他們一死，妻妾要殉葬。這樣就更保險了。

紀曉嵐的鬼話還不止這一段。有的地方我簡直看不下去。「如是我聞二」有一個故事：

> 奇節異烈，湮沒無傳者，可勝道哉！姚安公聞諸雲台公曰：明季避亂時，見夫婦同逃者，其夫似有腰纏。一賊露刃追之急，婦忽回身屹立，待賊至，突抱其腰。賊以刃擊之，血流如注，堅不釋手。比氣絕而仆，則其夫脫去久矣。惜不得其姓名。

從這個故事看來，紀曉嵐稱讚的是這個婦女的節烈，一字不提那個沒心肝的丈夫，一個人溜了，留下妻子送掉性命。男人身上的錢財居然比妻子的性命更要緊，紀曉嵐對這一點卻隻字沒有批評。這全是男人唯我獨尊的心理作祟。

俞理初對於女子沒有結婚就守寡，也大爲反對。「貞女」裡他說：「嗚呼，男兒以忠義自責則可耳，婦女貞烈，豈是男子榮耀也！」眞有丈夫氣概。他寫「妒非女人惡德論」，我讀了這篇文章才知道中國女子命運的悲慘。宋明帝因爲湖熟令袁慆的妻妒忌，竟「賜」死，還叫近臣虞通之撰「妒婦記」（見宋書卷四十一后妃傳）。明帝殘忍，殺一個女人本不足爲怪；袁慆難道毫無夫妻情義？眞正把她處了極刑，不會有絲毫悔痛嗎？

原來從前諸侯可娶九女、十一妻、一妾，晉朝減爲娶妾八人，官越小妾越少，七品八品只娶一妾。意林典論裡說：「上洛都尉王玉，以功封侯，其妻泣於內。恐富貴更娶妻妾。」韓非子、內儲說六微二還有一段，「類稿」引了：「衛人有夫妻禱者，而祝曰：『使我無故得百束布。』其夫曰：『何少也？』對曰：『益是，子將以買妾。』」

人在不小心的時候，會露出眞正的意念來。紀曉嵐、蒲松齡寫文章的時候，大約沒有想到自己說錯了話吧！

從前的男人發洩性慾是正當的，女子卻不該有這方面的要求。男子出外，久久不歸，妻子在家守活寡，他們全不關心。可想而知，他們可以納婢蓄妾，逛窰子。至於女子，本來應該乖乖地在家安分侍奉上人，撫育兒女；倘使也有性的苦悶，那已經犯了大罪；如果熬不住，有點不端正，擔了淫婦的名義，就該剮、該殺了。

「聊齋」裡有篇「犬姦」，說有個商人在外作客，常常整年不回家，妻子就與狗交。後來丈夫回家，狗把丈夫咬死。鄰居報官，官判了她死罪，「人犬俱寸磔以死」。而且死前「有欲觀其（人犬）合者，共斂錢賂役，役乃牽聚令交，所止處，觀者常數百人，役以此網利焉」。蒲柳仙常常採衛道的姿態，對這種違反天理、人道、法律的舉動，居然津津樂道，而無一句譴責之詞；所快慰的只是把那個婦人「寸磔以死」而已。

這樣冷血，我讀了已經很不舒服，末了蒲柳仙還要來一篇駢文的判，眞不知道是何心肝，想到了都要作三日嘔。

這沒有別的，女子不是人，只該供男人洩慾。古時中國男人不拿女子當人，包括他們的母親、妻子、姊妹、女兒。單以裹腳這件事來說，一千多年，億萬女孩子在發育時期受了多少這種劇烈的痛楚，誰也無法想像。我們的先人竟不想法替她們解除，我眞覺得可羞。我不知道讀聖賢書，講仁義道德的大儒有什麼話可以解釋。也許，女子腳一裹小，再也跑不快了，男子更容易管她們了。

順便說一句，古代西方女子帶貞操帶、束腰也很可怕。不過基督教講的貞操是平等的，女子有性慾也不是恥辱；教會不許夫妻久別，總要他們儘量在一起。這樣守貞也容易些。我看中國女子的詩詞，常有「寄外」的，道盡獨居之苦，淒涼不堪卒讀（下面要摘錄一些）。我常常覺得，一國文明的程度可以由男人對女子、主人對僕人的態度來決定。中國人在這方面差一些，毋庸諱言。（男僕強姦主婦，立即斬決；男主人強姦僕婦，只罰官俸）。紀曉嵐還爲這種不平等的法律辯護，那也不足爲怪。「金瓶梅」裡記載主人毒打僕人的事，這是當時法律全不過問的。唐朝的女冠魚玄機笞殺女童綠翹，才被戮，這是因爲出了人命，否則不會有問題。這已經說到題外，應該住嘴了。

前天我想到妲己、楊貴妃，友人周英雄兄的太太范文美女士就爲傳統當女人是禍水提出抗議，極其有理。中國古代歷史上把亡國的過失也推給了女子，怪不得女性不滿。我倒認爲武則天和慈禧是女權運動的先進。皇帝有三宮六苑，看到美女就要，這兩位女元首並沒有奉基督教，一旦掌了至高無上的權，當然可以如法炮製，揀最漂亮的男子來玩弄，替億兆的中國女性出口冤氣。但武則天寵愛的張易之、張昌宗兄弟兩人顚政，姦臟狼藉，給中宗殺了，國人皆曰可殺，可並沒有人說所有男人都是禍水的話。慈禧如果讀書，讀到紀曉嵐的筆記，眞可以傳旨把它銷毀，永遠不許流傳。好像她還沒有注意到這種幽微的地方。

單是「詞林紀事」和「宋詩紀事」裡錄的女子作品，讀了就叫人同情欲哭了。總算男性稱霸的儒林還記錄下來，否則我們一無所知。

我現在把這些血淚寫成的詩詞錄在下面，讓大家讀一讀：「詞林紀事」卷十九「宋十七：宮閨妓女女僊鬼怪」，錄這些人的詞許多首，而且還附了筆記的資料。

易彥祥妻題一剪梅一首：

染淚修書寄彥祥，貪卻前廊，忘卻回廊，功名成就不還鄉。石做心腸，鐵做心腸。　紅日三竿未理粧，虛度韶光，瘦損容光。相思何日得成雙？羞對鴛鴦，懶繡鴛鴦。

下有「古杭雜記」說：「易彥祥，寧宗朝狀元，初以優校爲前廊，久不歸。其妻作一剪梅詞寄之云。」

易彥祥想必是樂不思蜀，閨中人的孤寂根本不放在心上。吾鄉的生意人經年累月在外，妻子也總是在家獨守空房。他們在外染了花柳回家，還會編出神話來，說是在馬撒過尿的地方小解，就傳染到這種毛病。上面這位才女名姓不傳，傳下來的是「易彥祥妻」，她受的苦若不是這首詞傳下來，誰也不會知道。

下接劉彤寫的臨江仙一首：

千里長安名利客，輕離輕散尋常。難禁三月好風光，滿階芳草綠，一片杏花香。　記得年時臨上馬，看人淚眼汪汪。如今不忍更思量，恨無千日酒，空斷九迴腸。

也是寄給丈夫的。「宋詩紀事」裡還有她的一首詩（下面再錄。）再看朱秋娘的菩薩蠻，寄給久客不歸的丈夫徐必用：

濕雲不渡溪橋冷，嫩寒初透東風景，橋下水聲長，一枝和雪香。　人憐花似舊，花比人應瘦，莫凭小欄杆，夜深花正寒。

還有長安妓聶勝瓊，照「青泥蓮花記」說，寫過一首鷓鴣天給喜歡她的李之問儀曹：

玉慘花愁出鳳城，蓮花樓下柳青青。尊前一唱陽關曲，別箇人人第幾程。尋好夢，夢難成，有誰知我此時情。枕前淚共階前雨，隔箇牕兒滴到明。

據說李之問跟她在一起，她早就唱過「無計留春住，奈何無計隨君去」，李之問又「留經月，爲細君督歸甚切」，才走。上面這首詞是別後十日寄去給他的。他把它收在箱子裡，回家給妻子翻到。問明白情形，居然「喜其句淸健，遂出粧匳，資夫取歸。瓊至即棄冠櫛，損其妝飾，委曲以事主母。終身和悅，無少閒隙焉」。

這正是寫「聊齋」的蒲柳仙最豔羨的。「聊齋」裡妻子替丈夫納妾納婢的故事很多。

朋友某君的夫人也替他納過女僕，我所不明白的是何以女子會不嫉妒的。但再一想到從前的男子，納妾嫖妓全屬「正當」，名詩家贈妓的詩詞公然收在集子裡。做妻子的知道，丈夫不跟這個女子在一起，也會跟另外一人。如此第一、不如大方點，免得背忌妒的惡名；第二、如果納自己揀的婢，就更能控制。說不定還可以維持一點感情；第三、丈夫納妾已多，增加一個並沒有多大差異。我認識一人，妻妾多得一隻手的手指可以數完。他有一天笑著對我說：「討第一個姨太太最麻煩，一妻一妾，你爭我奪的。到了娶下面的，多一個多一條新聞，反而沒事了。」回教可娶四個妻子，而婦人犯了奸淫，法律是大家用石頭砸死她。中國男子可以多妻，所以防女子也防得特別嚴。

三十多年前，我在內地，某機關主管一妻一妾不算，時常在窰子裡取樂，其人最講「端正」。一天看到一個茶房伸手摸了一個女僕一下，他立刻把茶房喝住，叫他伸出手來，用板子重打了幾下。我們那時和他住在同一個宿舍裡，所以我親眼看見行「刑」。我當然不贊成那茶房的行爲，不過只覺得他不懂得手續，可憐而已，沒有責備他的心。他正在少年，血氣未定，卻是個曠夫。那位主管妻妾之外，還有別的女人，有什麼權利這樣「維持風化」呢？原來他是在「傚效尤」；怕的是別人對他的姨太太存非分之想，所以要預先拿顏色給人看。

話又扯得遠了，總之，過去中國女子是很可憐的。愈是男人荒淫，愈是要嚴刑苛法管束她們。隋煬帝是個昏君，對宮廷裡的婦女十分寬大，這一點倒不容易。可見即使社會習俗使人作有條件反應，也有像俞正燮和煬帝那樣明白的人。

「詞林紀事」裡還提到嚴蕊，是個頗通古今的營妓，「善琴、奕、歌舞、絲竹、書畫，色藝冠一時」。唐與正守天台，設宴待客，有她作陪。後來

> 朱晦菴以節使行部至台，欲擴與正之罪，遂指其嘗與蕊濫。繫獄月餘，雖備受箠楚，而不一語及唐。移籍紹興，且復就越。置獄鞫之，久不得其情。兩月之間，一再杖，幾死。

爲對付一個官員，一定要在營妓口中找資料嗎？一個弱女子居然經得起這樣嚴刑拷打，眞也不可思議。

女子受盡男子和婆婆的虐待。結果拿媳婦來出氣。中國的男子除了欺負妻子、

逞淫之外，還要講「孝」道。母親不喜歡他的妻子，就要出妻。陸游的唐氏就是這樣給休掉的。

再看「宋詩紀事」卷「八十七閨媛」的詩：

寄外

丁渥妻

淚濕香羅帕，臨風不肯乾。欲憑西去雁，寄與薄情看。

暮春感懷

高氏

楊花日日長無定，海燕年年卻有歸。一瞬青春疾如電，等閑著盡縷金衣。

寄外

丘氏

簾裡孤燈覺曉遲，獨眠留得宿妝眉。珊瑚枕上驚殘夢，認得蕭郎馬過時。

寄外

劉彤

碧紗窗外一聲蟬，牽斷愁腸懶晝眠。千里才郎歸未得，無言空撥玉爐煙。

感懷

黃氏

闌干閑倚日偏長，短笛無情苦斷腸，安得身輕如燕子，隨風容易到君傍。

答外

王瓊奴

茜氏霞箋照面頰，玉郎何事太多情？風流不是無佳句，兩字相思寫不成。

寄外

毛友龍妻

剪燭親封錦字書，擬憑歸雁寄天隅。經年未報干秦策，不識如今舌在無。

「合璧事類」前集：「有書生娶後遊太學，久不歸。一夕，夢返其家，見妻秉燭寫詩，書生怪而記之。後家書至，有詩一首，如夢中所見無殊。夢之夕，乃發書之日。」管他的話是眞是假，久不歸就夠了；詩曰：「數日相望極，須知意思迷。夢魂不怕險，飛過大江西。」

又「詩話類編」卷十「鬼怪」類，載「牛僧儒本傳」自述的一段故事，說他遇到漢薄太后、戚夫人、王嬙、楊貴妃、齊潘妃，各美人居然都賦詩，當然少不了他的一首，又引出了石家綠珠，「短髮麗衣，貌甚美而目多媚」。後來太后要她們陪牛僧儒睡覺，大家都推托說不能，唯有昭君「不對，低然羞恨」，答應了。這眞是文人最沒出息的行徑，無端作出幾首歪詩，硬派到古代死了的美人的名下，揑造鬼話，意淫她們。也居然有人把它收進詩話，當它是眞事來轉述。我想那時候大家都喜歡有這種事吧！

現在女權運動已經發達，中國人受了西方的感染，丈夫對妻子已經好多了。不過過去的情形，太不光榮，提起來我們都爲我們的祖母悲傷。

丁巳大雪前三日於香港

歡場與男女

我的朋友裡面，不少出入風月場中的，但從來連舞廳也不上的人似乎更多。當然也有人行動不太公式化，譬如說，有人偶爾也逢場作戲，卻並不迷戀歡場。不過一般說來，某一類事幹與不幹，總是涇渭分明的。我似乎是和歡場絕緣的人。

說到歡場，從我幾十年的生活情況表面來看，幾乎不會有人相信我曾涉足過。我涉足過。情形是這樣的，約在五十多年前，那時我才六七歲，先父認爲我應該見識見識，免得日後長大成人，撞到妓女會大驚小怪，受不住誘惑，所以不時會帶我到堂子裡去。我彷佛記得見過幾位「姨娘」，她們不是把最好吃的東西給我吃，就是送我玩具，給我紅封套。我也在那裡住過宿。偶爾也有小女孩陪我一起吃酒席，別人稱她做「清倌人」，坐在我一旁，說是我「叫」的，替我揀菜。

先父的這種家庭教育實在不可思議。他不知道，我那個年齡去，實在太早，而且這就是我最後和歡場中人的交接了，以後並沒有再在這類地方出入。而我生性害羞，雖然童年就受了這種「教育」，甚至結婚多載，兒女成行，看見女子還是畏縮不前，也覺得她們仍舊很神秘。可見他的一番苦心並沒有發生作用。

但是在香港早期，我在一間公司擔任會計主任，同事裡面不少是最喜歡上舞廳的。其中有一位（現在已經作了古人），一心要我領略此中的趣味，千方百計要帶我去。我是那種不願意表面上做出十足道學先生樣子的人，也跟他去過兩三次。他的胃口把我嚇壞，有一次去的是低等的，出來陪客的大多數都極難看，不是癡肥，就是乾癟，有一位竟是瞎了一隻眼睛的！我那朋友看到她們，好像看到了天仙，跟她們喁喁情話，那種狂喜之情，出乎至誠，叫我十分詫異。後來我問他，到底是怎麼回事。他說，去是爲了解悶的，管她們好看不好看呢。這種高深的哲理，我這種人哪裡懂得！

有一次公司請客，另一位同事帶客人到有舞女陪伴的餐廳，飯後又帶客人去跳舞。我不諳此道，他硬叫一位他熟識的名舞女教我「走」幾步，預先關照她要把我抱緊些。那晚內子梅醴生病，我心裡很煩，敷衍應酬，根本不知道他們在搞鬼，絲毫沒有覺得誘惑。據同事後來告訴我，這位舞女誇過海口，不管什麼男人，都要給她「攬掂」（粵語，意思是「辦妥」，轉爲「迷住」，聽她擺佈）。又說，爲了這件事，他太太罵了他一頓。我要補充一句，我並不是超凡的聖人，也曾給美麗的眼睛迷惑過，而且永遠會被異性的魅力搖動心旌，自己沒有一刻不警惕、不祈禱。但是說來奇怪，我在舞場這種地方，總當舞女是姊妹——現在要當她們是女兒了——根本想不到在她們身上打主意。她們也的確和我尊重的女子一樣端正。順便可以一提的是，我在那家公司七年，同事敬我香煙，推辭不得，一直接過來，吸了噴掉，從沒有進咽喉，所以一旦離開，再也沒有抽過。所以我雖上過舞廳，沒有享應享的樂趣，因此也沒有上癮。不過現在已經入了在俗的修會（聖方濟第三會），別人邀請，只有婉拒（最近拒絕過一次），因爲我內心想些什麼是一回事，給人看見作何感想，對修會說些什麼話是另一回事。連黃色電影也不能去看，怕玷污了修會的名聲。

我一生也認識過一些清麗聰穎的女子，很想跟她們多些往來。但是在這個社會上，男女交際還不免受若干限制，而且友情和愛情界限很難劃分清楚，誰也沒有把握永遠能守住一定範圍，不越雷池一步。所以私下沒有接觸也就算了。

我上面提到的那位朋友實在是了不起的風流人物。他在歡場中從不把風塵中人當下等人，卻當她們是情人。我的宗教不贊成他這樣的人，可是他肯尊重她們，給她們錢和同情，又不斤斤計較，一定要拿回什麼才稱心，多麼可貴！風塵中人引他爲知己，也是理所當然。

另一位朋友——希望他的靈魂已經升了天——待他所結交的女子之好，也叫別人佩服。有錢的時候，大條金子，若干疋名貴衣料送去，還對她們溫柔體貼之至。他又十分誠實，有一次對我說：「像你這樣一夫一妻好；我最幸福的時候，只有一個老婆。」後來他爲女人，連性命都送掉了。

我常常想，比起他們兩位來，我多吝嗇！多挑剔，多「勢利」！我如果涉足花叢，一定揀有姿色的親近，遠離貌寢的，絕不會像他們那樣把別人的快樂、尊榮放在心裡，肯犧牲自己。我雖然被朋友當作守身如玉的人，可沒有資格說這兩位朋友一句壞話。

讀過基督教聖經的人大都知道，耶穌對犯了姦淫的婦人和妓女總是寬仁的。我實在看不出賣身的女子有什麼可鄙的地方。我們是否出錢去買，又當別論。我知道有位太太，舞女出身，丈夫去世，丟下一把兒女，她就歸了一個富有的老者所有，等到兒女都受了教育，就離開了那個人。這種犧牲的精神還不偉大麼？

不要說所有的嫖客都要不得。有一個人叫了個妓女來，女的向他哀求，說那天已經接了幾次客，請求讓她睡一下再陪他。他答應了。誰知道這個可憐蟲一睡就像死了一樣。這位先生不忍叫醒她。第二天早上妓女醒了，說她已經睡夠了，可是這時他已經沒有最初叫她來的意念了。他拿了一大筆錢把她打發走。這個故事太感人，不過那個妓女以後又過什麼日子呢？誰也不會費心去查究的。

不過有些嫖客不把妓女當人，他花了錢就要做大爺，作踐別人。有的連錢也不肯拿出來。總而言之，女子一生，青春很短。嫖客摘了她們的花，以後的責任全不用負，未免太佔便宜了。有些歡場中人貪財，也不能盡怪。有誰給她們提一筆養老金？

從另一個角度來看，涉足歡樂場到底比勾引良家婦女好。放蕩的人倘若管不了自己，我倒情願看他們去打茶圍、上舞廳，不情願看他們打別人妻女的主意。愛去那「三瓦兩舍」的人可能不去拆散別人的家庭，不把少女騙上手，因爲做這種事比較費事，而且會惹出糾紛。但是男女關係太隨便，有時也會分不清誰是良家婦，誰是青樓女。只要是異性，他都看成一律。而且良家婦女不會叫他破鈔，更加合算，雖然有人說這是愛情，不是買賣，似乎還高人一等。

現在有一種情況，男女都抱同樣的人生態度，處同樣的單身情況，雙方講好偶爾聚會或同居，不必負任何責任，就像兩人打幾盤網球一樣。這種情況以往沒有，而且也是避孕絕對有把握以後才辦得到的。當今的世界崇尚自由，人人有權選擇自己的信仰，自己的生活方式，只要不妨害別人，就可以做自己喜歡做的事，過自己喜歡過的生活。不過這方面基督徒就不能這樣自由。根據天主教的倫理神學，已婚的人身體已經屬於配偶所有，如果另作別用，就是盜竊。同時對方如果結了婚，身體也是配偶所有，別人不能用，用了也是盜竊。（這當然不是說對未婚的人就可以不顧。）這種嚴格的想法恐怕是教外人想不到的。

守貞操的事現在的人以爲不近人情，單從肉身來看，的確不錯。夫妻久別，或者一方生病，都得守貞。神職人員終身不偶，多麼難熬！不過中國沒有宗教信仰而守貞的人向來極多，古來忠臣志士受百般折磨，也是不近人情的；貪生怕死，投降乞憐，才能顧到肉身。我們不都歌誦文天祥的正氣嗎？人有超乎本性的能力，爲了理想，節義，什麼艱難都能克服的。守貞不過是其一罷了。

奉了教的人就要言行相符。我有個朋友說，天主教是好，可是他不能守教規，所以不進教。我佩服他老實。教徒要過顧肉身的生活，應該先宣布出教。我平時對人，不得不用兩管尺，理由就在此。

我自幼就時常聽男人說，他們和別的女人有往來，都是女的先愛上了他才出事的。所以我年紀很輕就提防這種女人。不過現在年逾花甲，並沒有碰到過一位這樣愛我愛得發狂，非跟我終身廝守不可的異性。凡我熟識的太太小姐無一位不端莊賢淑，叫我尊敬。我也有虛榮心，恨不得女子都喜歡我；不過所要求的喜歡不過是像喜歡自己兄弟伯叔的那一種。我時常把妻子放在口邊，說她賢慧能幹，這個作風也許值得提倡。我以爲莎士比亞在「奧賽羅」劇中說的，趁人夫妻不和而下手的話是不錯的。不過也有人說，這種話也很能引誘異性。我可沒有存這個心眼兒。我說的是實話。不過凡是人面前說太太不好的人，我一律輕視，倒是事實。

我見到貌美的人就要告訴梅醴。那晚上舞廳的事當然不瞞，回家西服上衣胸前翻領上染了口紅，梅醴看了一點沒有生氣。（邀我同去的朋友說，這個舞女犯了職業上的大忌。）前天和友人Y兄說起這種不打自招的事，才知道他也是這樣一個寶貝。不過他理直氣壯，不像我覺得自己做錯了事一般。他說：「你要知道，咬人的狗是不叫的！」他太太當時在座，笑瞇瞇地望著他說：「他的女學生可多了。」

附記：那位存心要我破戒的朋友還有一點了不起的地方。因爲他請我去過舞廳，我想回請一次。他問我是不是喜歡，我說不是，是爲了報答。他說：「那又何必呢？」堅決不去。他尊重我的意思。他要我去舞場，沒有害我的用心。我有主張，也不是隨便可以改的。我們各行其是，不遷就對方，也不責備對方。

誘惑

兼談「遵主聖範」一書

誘惑是修道的人講的。不修道不用爲這件事操心。現代的人如果喜歡，隨時隨地可以找到異性，滿足自己需要的一切，無所謂誘惑。斯堪的那維亞各國的性行爲自由已極，連強姦的案子都少。他們根本不用犯法，當然更沒有誘惑。天主教有本小書，「遵主聖範」（The Imitation of Christ），據說是十四世紀一位佛蘭芒的隱修士湯瑪斯・阿・堪匹斯所寫，往年天主教的人士除了聖經之外，最看重的就是這本書，裡面論抵抗誘惑之精妙，可以說到了毫巔。現代的人當然不看。我們不問人要不要抵抗誘惑，也不說順從任何衝動，愛什麼就幹什麼有什麼壞處。如果說，我們的確需要抵抗誘惑，卻不知道抵抗的方法，那麼且聽聽他說些什麼。

這本書第一卷第十三章講「抵抗誘惑」，一開始就說：「人在世一日，就免不了誘惑之苦。」年紀很老的男子常常會鍾情少女，甚至迷戀中年婦人，往往忘記自己的老醜和年紀。香港有句話，叫「鹹濕伯父」，指上了歲數、還愛侵犯女子的男人，社會上也常有這種人這類事的新聞。因此這一章教人小心，要祈禱，以免魔鬼乘虛而入，把他吞噬。又說，有誘惑是人情之常，並非羞恥，不過不讓誘惑左右自己的思想行動才是當務之急。而且人的德性正受誘惑鍛鍊，如鐵受火鍛煉一樣。因此誘惑是有益的事。人受了誘惑，抵抗了，知道自己道行有限，於是謙虛了、淨化了，也得到教訓。

自古以來聖賢無不受到誘惑，結果修成了道。堪匹斯說，誘惑往往一個才去，一個又來。照他說，逃避並沒有用處，要把它連根拔除才行。他說的根當然別人不一定相信，就是對天主要有信心，自己要堅定。不過他提出的抵抗的方法卻很實用，就是要在一開始立即小心。他說，這時候最容易擊退「敵人」；只要在他敲我們心裡的大門的時候，就不准他進來。他引古人的詩云：

開始就抵抗；遲則不治，

疾病在身越久，越頑强。

誘惑初來，不過是個簡單的念頭；接著是強烈的想像（魯怡士（C.S. Lewis）說人有想像最危險）；以後就嘗到快樂，於是決意採取行動了。

一般人看到修道的人對男女往來防範之嚴，一定大爲詫異，覺得有往來不一定就做壞事。聖方濟是基督徒裡聖潔出名的人。有一次他和一對母女說話，一次也沒有觀看她們的面容。她們走了之後，同伴問他：「這位貞女（指女兒，是位守貞的修女）很有聖德，您爲什麼不仰起頭來呢？她的態度不是極端莊，極可敬畏嗎？」聖人答道：「我怎麼敢看基督的淨配呢（按照天主教的道理，凡修道的人都算是和基督結了婚）？如果我們必須藉眼睛面容講道，她們可以看我們，我們卻不可以看她們。」

香港中文大學有一位英國教授從不在家單獨接見女生，原因是他太太時常不在香港。女學生單獨要來看他，他說：「好。你學了柔道沒有？」學生問他這是什麼意思。他說：「你要是不會柔道，進得門，就出不了門了。」他並不是不端正的人物，是天主教徒當中的老派。有人問他，這樣說，你不相信自己的了，他說，這話也對。認爲他太緊張的人最好記住，有些正當的事發展下去的結果是起初絕對料不到的。

誘惑有如癌症，起初是一點點，慢慢擴大，到不可救藥爲止；越早治越容易。不加警戒得越久，意志越弱，誘惑越強。

當然人的稟性不同，有人特別敏感，容易感到誘惑，有人不大容易感受。不過即使遲鈍些的人，也未必能夠完全保險。

照堪匹斯說，受到誘惑也不要失望，只要熱烈祈禱就是。他的話不適用於不信宗教的人。另一位聖方濟（就是天主教稱爲聖方濟撒勒爵的那位）說，誘惑來了，不要驚慌，不要介意，當它是蒼蠅好了。我們最好用別的思想岔開或化除。這是人人可行的。除了嚴防，不要和異性單獨在一起之外，不要想像怎樣怎樣快樂。有妻子的人多多寶貝妻子，有兒女的人多多顧到兒女；上了年紀的當少女是自己的女兒——即使當她們是女兒，也不能忘記她們到底是女人。

防微杜漸有很多實益。我有一位朋友有一次和一位女友去划船，喝了酒以後，兩人情不自禁了。朋友是個君子，只得和那位女友結婚，其時兩人絲毫沒有愛情，但又生了一個女兒，因此勉強在一起，苦痛不堪。後來女兒病死，他們立即離婚，得到解脫。

越是修道，誘惑越重大，這是可以斷言的。現在的人常常喜歡提聖安東尼的誘惑。這並不是聖人之恥；這是他的光榮，他只要不屈從就行了。已故徐誠斌主教是位有天主教所謂潔德的人。有一次，他的長袍背面染了灰塵，一位女職員用手替他撣，他慌忙避開。我很能懂得他的情況和用心。像他這樣守貞的人，受不了纖手輕拍他的背脊，雖然這位女孩子是純潔的人，一絲邪意也沒有。如果換了一位過婚姻生活的男子，碰到這個舉動絕不會這樣緊張。

有一位天主教的教士說，人怕跌下懸崖，就不要在懸崖邊上走，因爲會有不小心的時候。最近有位西籍教授，一時高興起來，坐上大廈頂邊緣的矮圍牆上，過了一會兒忘記自己是背朝外的，就往後一靠，跌到九樓下面水泥地上。那個矮牆上，人本不該坐上去的。

人相食

中國人似乎無所不吃，粵人尤其走在前面，從叫做水生仝的（讀如嘎雜，就是蟑螂，水生仝是另一種的昆蟲）到蛇，都可以大快朵頤。此物用油炸了裝在玻璃瓶子裡，慢慢取出來吃。蛇的用途更多，除了肉可以做成整桌的菜以外，膽還可以當藥。若干年前，有位美國朋友過港，我告訴他蛇是美味，他說：「在美國，蛇吃我們。」他的話雖然是開玩笑，美國人想不到吃蛇卻是眞的。法國人吃蝸牛，算得出色，也費一番手腳才拿去烹調。我買過罐頭蝸牛回來試過，並沒有發現妙處。別的民族有什麼奇特的食物，我從未一一查考；不過大體上說來，中國這方面佔首位，是可以假定的。

世上有吃人的民族，而中國人只有遇到荒年，才有「人相食」的事發生，雖然殺了妻妾饗士待客，歷史上也每有記錄，史家敍述這種事，除稱讚夫君忠義好客，並不帶絲毫譴訶。然而拿人肉當作美味的事，我們並不肯做，充分表現文明國的風度。吃人的種族文獻不足，我們無從知道人肉滋味如何。英國最偉大的諷刺文家司威夫特（Jonathan Swift, 1667－1745）身任都柏林聖派屈克主教堂主任牧師，寫過一篇名文「預防愛爾蘭兒童煩累雙親或國家芻議」，條陳貧窮人家，兒女累重，不如賣與豪富去充珍饈的好處，說來頭頭是道，一本正經，叫人拿不出話來反駁。其中說起：

據倫敦和我有舊，熟知真情的某美國人說，一歲大，身體健全，乳養良好的幼童，是最味美、營養、衛生的食品。無論文火煨燉，烈焰炙烤，乾烘水煮，皆屬相宜，放在雞、兔、犢、羔肉片裡亦佳，殆無可疑。

關於人肉滋味，恐怕這是唯一的記錄了，雖然只好姑妄聽之，因爲司威夫特是諷刺文大家，他的話要用另一種眼光來讀，我想讀者都知道的。

早些時我提到大海沉舟，救生筏上吃人的事情。據說某次因爲情況特殊，後來生還的人獲救，上了法庭，法官認爲可以原諒，竟沒有判刑。談起吃人，最近一百二十餘名越南難民搭乘一艘小型漁船，衝出西貢。幾天之後，船在南沙群島西端的生月礁擱淺，糧盡水竭，在荒島上過了四十二天，僅存的人吃了十五具屍體的手臂和腿。等到中國的漁船把他們救到高雄外海，只有三十四人活了性命。臺北的「時報周刊」有詳細的報導。這是慘絕人寰的事。這一段經過我也不忍去細述。人生到這個地步，還有什麼可以說的？

但是吃人民族的情形完全不同，他們幹這件事名正言順，跟我們吃魚翅海參一樣。廚子先把犧牲品毛髮剃光，洗滌乾淨，指甲剁掉，眼珠挖出，切好之後，固然可以燒烤煨燉，也未嘗不能用鹽酒生熗。中國人相信吃什麼器官，補什麼器官：吃腦補腦，吃心補心，吃肚補肚……我相信蠻人更有同樣的信仰。害了白內障的一定搶著吃人眼，笨些的或常常頭痛的一定喜歡吃腦，常患氣喘的一定先吃肺，消化不良，時時打嗝便秘的一定要胃和大小腸，諸如此類，我也不必全部說出來。他們吃人，一定好整以暇，擺下大桌子，分男女長幼坐定，由酋長或族長先下箸。自然還可以同時燒香奏樂謝神，伴以歌唱舞蹈。

香港的習慣，每逢漁人捉到一種特別的石斑魚（名稱待查），又大又有妙味，一定賣給最大的餐館。餐館會刊登廣告，老饕聞訊，紛紛前來看貨，簽名預定，然後約期屠宰聚餐。食人族如果捉到了別種人口，可能有同樣的舉動。假定給捉住的可憐蟲是高加索種的，我想他們會登這樣的廣告：

奇白男子一名。碧眼黃髮，兩目深陷，鼻梁高聳。肌肉富有彈性，不亞於獐麅。可能欠嫩，但風味一定特殊。茲定於某月某日烹食。

如果是蒙古種的，就會說「肌肉嫩軟，皮膚細滑，黑髮棕睛」之類的話來吸引民衆。

這種民族吃人已成了習慣，有了胃口，隔久了不吃，就會覺得嘴裡淡得什麼似的，好似魯智深給關在五臺山修行一般難耐，非想特別的主意不可。那時別族的人就要當心了。

我吃過一次狗肉，曾經在從前一篇文章裡提過。事先朋友問我吃不吃，我隨便應了一聲。事後才知道，他專爲我殺了一條小狗，很久我的心不安。大約沒有人問我：「你老兄吃不吃人肉？」若是別族的人問這句話，你千萬不可當他開玩笑，隨便應一聲。說不定他特別敬客，宰一個肥小子烤了給你吃。事後你發現那一條人命歸你負責，就一輩子休想有良心平安的時候了。

上文我說過歷史上荒年吃人的事很平常。隨便舉個例，晉穆帝永和八年（三五一）「鄴中大饑，人相食。故趙時宮人被食略盡」（見「資治通鑑」卷九十九）。我首先想到的是當時人心的恐慌。往往有人早上出外，再也不見回來。誰上了街一看四面沒有人，寒毛就會直豎。說不定小巷子裡衝出一群人，把他死拖活拉進去宰掉。甚至先用棍棒把他打昏，再慢慢殺害他。隨時背後會有人悄悄一刀劈下。越是壯健的人胃口越好，越吃不慣素。所以有力氣殺人的就更要殺人。當時的人雖然早生了一千多年，沒有機會讀到司威夫特的文章，也一定知道兒童的肉幼滑（這是粵語，普通指肴菜嫩而爽口，用在此地更加恰當——我懷疑首先用這個形容詞的人是吃慣兒童的），不肯輕易放過。而且兒童捉來容易。一般人家一定不放孩子出外玩耍，怕他們遇害。早些時美國密歇根某鎮出了個壞蛋，專殺男童，好幾個遭了他的毒手，害得有孩子的人家十分緊張。他們說孩子不能整天關在家裡，會悶壞的。我想鄴中的父母顧不得這一點了。

其中一個目標是婦女。據說用力氣的人肌肉太老，上文已經透露了一點。如此說來，從前弱不禁風的太太小姐捉來殺了吃，是再好也沒有的了。司馬溫公惜墨如金，他特別提一句「宮人被食略盡」，絕非沒有道理。所以當時婦女一定不敢獨自拋頭露面。

現在都市盜賊猖獗，夜晚沒有人敢上街。前幾年我到紐約，夜間問旅館裡的人可否出去蹓躂。他說，人多的地方可以去。結果我竟不敢冒險。可想而知那時的鄴中到了晚上，大街小巷，闃無一人。不過餓極了的人黑夜在街上久候，沒有獵獲，可能衝進人家去殺人取肉。所以家裡沒有壯丁，婦孺連睡覺也不能安枕。說不定有人想出聯防的辦法，各家輪流派人巡守。因爲到了這時，官家早已問不了人民的死活了。那時正值大亂，干戈在手的武夫可能不去捍衛國家，倒來魚肉（這個詞不是轉用，要照字面直解）良民。

這種吃人，跟海上吃同筏的人不同。可能雙方素昧生平，用不著多一層自責。而且又在家裡。所以拖得生口回來，慢慢洗切，一切和食人族所作所爲，沒有什麼不同。唯一的分別在少去野蠻人那套鋪張，但求果腹，不能讓大家知道。有一點不得不加防備。俗說牆有風，壁有耳，一家人做這種大事，免不了驚動四鄰。而且不論紅燒、清燉，總有肉香發出，肚子餓的人嗅覺特別靈敏，吾鄉有「饞貓鼻子尖」的話，不會不聞到。從前建築的隔音設備很差，定有刀俎的聲音傳到隔壁。中國人管鄰居家的事不算出奇，英國人「家是人的城堡」那句話，我們從來不說的。這種事給人家知道了可非同小可。倒不是怕他們去官府告發——犯法的人太多，官府問不勝問（凡有暴動，歹徒趁火打劫，利用的就是這一點）。而且餓肚子的人也沒有心思管別人犯法的閒事。怕的是他們要來分肉。自己冒險犯法，還辛苦了一陣子，他們倒來坐享其成！

不過鄰居知道了也不一定上門。情況是這樣的。不錯，他聽到砧板上剁肉，窺見了切割，聞到了香噴噴的味道，當然想分一碗嘗嘗。可是凡人都知道死活，殺人的人是好惹的嗎？即使來了帖子邀請，去吃是否安全都要好好想一想。原始的人穴居野處，茹毛飲血，眼睛裡人獸是一樣的，捉到什麼吃什麼。那時候別人請你吃飯一定要防，很可能是陷阱，這種情況有一位英國大散文家早已說過。後來人漸漸文明，可能不吃自己這一族裡的人。不知到哪個朝代才連外國人也不吃。總之，從古至今，人的安全沒有絕對的保障，不過到了荒年，情形更嚴重罷了。

且說在那種殺人殺紅了眼睛的時代，殺錯了的事一定不免。前面躑躅著一個五十開外的漢子，看樣子可以對付得了，千眞萬確從來沒有見過，不會有絲毫葭莩之親，或帶些世交故舊，一個箭步上前，舉棒對著腦門擂下。等他倒地，撥轉他的肩膀一瞧，啊呀，遭了：「兀的不是——！」好久不見，他瘦了許多，甚至矮了些，步伐軟弱無力，變了！上館子（如果還有照常營業的），或者到親戚家吃飯，桌上的肉是人的、狗的、豬的、牛的，全不能過問。「肥的切做饅頭餡」是不消說的，反正看不出，除了白煮的黑人皮膚顏色不同些。（幾時有黑人到中國，要請教方豪神父。我看到的最早的記錄是「聊齋」上的。黑人雖以勇技聞名於世，如果少數一兩個人在古代中國，碰到荒年，恐怕會最先遭殃。）在外面吃飯，饅頭裡的肉餡兒作興是親友的腰肉做的。

順便提一件事，希特勒殺死六百萬猶太人，這批人肉如果做成香腸或罐頭，骨頭做成各種用具，他可以替德國賺到一大筆錢。我猜他並不是沒有想到，而是種族主義偏見太深，不願意叫純粹雅利安種的德國男女老幼吃劣等民族的肉。至於他爲什麼不想外銷，賺一大筆外匯，我就不明白了。他這樣浪費，若是給食人族知道，不曉得要覺得多可惜呢！

我有個朋友，看過司蒂文森（R.L. Stevenson, 1850 1894）的小說「二重人格」（Dr. Jekyll and Mr. Hyde）拍成的電影，曾單就裡面的主人公打了藥針，變爲惡魔之後虐待妓女的情節慨嘆道：「要嫖堂子就嫖好了，還用得著費這麼大的事！」眞是獨具隻眼，揭出奧義，該愧煞文藝批評索隱一派的專家，恐怕連原作者做夢也想不到吧。天下事會者不難，難者不會。擅長或做慣一件事的人永遠不知道外行或門外漢的艱苦。因此我想到，上文說的沉舟之後，絕糧之年，不得已殺人的種種假設，若是給食人族的前輩看到，焉知他們不會啞然失笑說：「要吃人就吃好了，還用得著先沉了船，或者等荒年！」六祖說偈，沒有這樣精譬。

我們大多數人沒有碰到在大海漂流的事，也沒有活在「人相食」的朝代，不用違背良心，做血腥的惡事，是何等的幸運！不過即使沒有這種情況，傷害旁人以自肥自利的人不是沒有。他們不知道一個人惡事做得太多太久，良知就會泯滅，不以爲惡，和食人族人殺多了，不以爲惡一樣。剛才提到司蒂文森小說裡的主人公發現把某種藥物打進身體，就可以變成惡魔，再打另一種藥物，又可以恢復善良的人格。他這樣翻來覆去，到後來積重難返，決心要棄絕魔性的時候，已經太遲。沒有藥打進去也會變惡，即使加倍打另一種藥，本性也恢復不了，結果走上滅亡的路。原來行兇作惡連端都不能開，司蒂文森寫那個故事是有個教訓的。

丁巳夏至於夏洛特

戊年大寒改寫於香港

獸性與文明

前幾年加拿大有個大城——是蒙特里奧吧——警察罷工，於是搶劫、放火、強姦的事發生了許多宗；有人說，這樣文明的國家仍舊免不了有這種野蠻的情形，太不成話了。過了些時，美國的紐約停電，同樣的事也發生了。全世界的人幾乎得到一個結論：人類還沒有文明。

我讀歷史，發現古今中外一律，人一但沒有了管束，就強姦婦女，奴役男人，殺戮老幼，放火搶掠，而且欺負人的往往是自己的同胞。有什麼人在這別人胡作非爲的時候，肯退後一步，不參與行動，或者挺身而出，仗義攔阻的呢？從前到了兵荒馬亂的時候，婦女保全貞操的方法只有自盡。

強暴的力量就像一把刀，靠一根頭髮繫著，掛在人的頭頂上，頭髮隨時會斷。現在世界上大多數的都市裡，晚上沒有人敢出外行走，甚至白天荒涼的街道上也不安全。古人盛稱的路不拾遺、夜不閉戶，現在聽來，太像神話了。若干年前，已故徐誠斌主教在英國留學的時候，那時（據他告訴我），箱子行李運往某地，只要打個電話給火車站，然後放在門口，關上門，自己走開。到時自有車站派人來運走。不知道英國現在還安全不安全。前幾年我到華盛頓去看一位神父，他說他們住的地方是許多教會的修道院所在，晚上也沒有人敢出來。他接著說許多年前絕沒有這樣的事情，說的時候感慨系之。

我生在這個不幸的時代，有時讀舊小說或看舊劇，見到少年婦女單獨在晚上出外，就奇怪她怎麼不怕的。其實我小時候在故鄉，大街小巷到了夜晚總有行人，當然也有單身婦女，也不見得有危險，現在我好像已經忘記有那樣的事了。

人把別人當人總好講話。問題是人時常不把別人當人。征服者當治下的人和豬狗差不多，有什麼不能殺戮淫虐的呢？從前帶兵的往往鼓勵部下，只要攻下城池，可以放假三天——道德的假，他們可以姦淫擄掠，爲所欲爲。這些將領可曾想到，那城裡也許有他們的親人？不用照聖人說的，普天之下都是弟兄姊妹了。

英國朋友墨瑞君在日本住過，他告訴我日本人在國內守的道德律，到了外國就可以不守。是把外國人當另一種動物嗎？誰說過，貴族看奴隸好像看花瓶什麼的。

人對人有時候同情心眞少，即使沒有拿刀去殺男人，沒有用暴力去逼女子遂他的淫心，但是憑金錢、勢力，照樣可以達到目的。有一次和朋友談起舞女，我問他，是不是有人強迫這些可憐蟲賣身，他說，很少，而且不大會有，她們也有人保護的。不過人窮，遇到家裡人生病、繳房租困難等等，向人借，借多了還不出，只有獻出身體。又有一種職業女子，薪水低，又非打扮不可，撐不了場面，也只有屈服。許多極體面的人做的正是逼人送命，逼良爲娼的事。

我們似乎已經很文明了，不是常常形容許多落後地區野蠻嗎？不過我以爲，不等獸性消滅淨盡，還不能算呢。我以爲醫這個病只有一個方子：「博愛」。其時古來的聖賢早就想出了這個辦法，也有不少信仰他們的人要別人聽從。無奈到了強權在手，可以肆行無忌的時候，誰也不想去實踐它了。於是教訓儘管十全十美，私慾的力量還是更強。

不得已而求其次，只有靠法律、靠警察、靠軍隊。可惜法律有漏洞，無數的人正在利用這方面的漏洞。英諺「司法的手臂很長」，只能解爲「天網恢恢，疏而不漏」，不能說沒有人能逃法網。文明國家裡犯了罪案的人，十個有八、九個是永遠逍遙法外的。受害人含冤隱忍的多。集權國家的警察欺負人民，唐朝「婦女多在官軍中」，幹什麼？人人有獸性，只等機會來放縱。文明、文明，教會人許多自私的訣竅，沒有機會也可以製造出機會來。

日本人在中國犯了無數的罪行，他們讀到過去這段歷史，也要羞愧吧。德國人殘殺猶太人竟認爲有正當的理由，冷血執行希特勒的命令而不動心，他們現在回想起來，也要以身爲德國人爲恥才對。中國歷史上同胞殺自己人的事，也使我慚悚；歷次動亂，作惡的人並不全是外族。這個民族有毛病。大陸正在做平反的工作，揭露的四人幫暴行，幾乎史無前例！這是最近的事。我們祈禱，從此以後，再沒有誰迫害誰的事在中國發生。

世界上又有了新的暴力行動，恐怖份子爲了達到他們認爲正當的目的，殺人也不介意。我們沒有時間去研究誰是誰非，不過使無辜的人受害總不對。這是獸性的另一表現。不，我忽然想起人的良心泯滅，獸也比不上，說「獸」性是侮辱獸，犯了人類自大病（我造個英文字吧 Homo chauvinism）。我們自以爲文明，卻似乎離文明越來越遠了。

舶來

記不清什麼時候起，舶來品成了最受歡迎的東西。洋貨一定比中國的好，大家一致認爲如此。而以洋而論，東洋不及西洋：西洋呢，四五十年前，似乎要英國的才算上等。「英國製」不知瘋魔了多少人。到了二次大戰以後，「美國製」取而代之。當然，若是說到照相機、望遠鏡，又要以「德國製」的爲佳了。

從前中國處於次殖民地，多年積弱，被列強打敗，有數不清的國恥。舶來品最叫人驚心動魄的是槍砲、兵艦，這跟侵略有關。不管什麼地方，西洋人要去就可以去，要怎麼幹就怎麼幹。你阻礙他們，他們的兵艦就開來了，再不聽話，就開砲，打得你地塌土平，人仰馬翻。其次是鐘錶的靈巧，交通工具的便利，繪畫的肖似，無怪中國人的自信心會一落千丈。

我一直不知道崇洋是舉世的通病。元朝馬可孛羅來華，回去把中國寫得跟天堂一樣。這且不提。就是今日的美國，也同樣喜歡舶來。專欄作家錫尼•哈瑞司（Sydney Harris）說起這方面的情形，很發人深省。他看到男用時裝店賣的聚合酯（人造的衣料）用「進口」做號召，以爲可笑。因爲這種原料，哪一國造的都一樣。他想到美國人一定要喝蘇格蘭威士忌、俄國的伏得加才夠味：還發現別國的情形也一樣。德國出的啤酒本極有名，但德國人要喝捷克的啤酒才夠派頭。我記得戰時洋酒是寶貝，誰有一瓶，一定珍藏著，非重大場合不拿出來喝，非極貴的賓客不用以招待。

細細分析舶來品，當然有極好的東西，如法國的白蘭地（別國也產，似乎總比不上）、英國的威士忌、荷蘭的杜松子。不過中國也有好酒，並不差些。我在江西贛州喝過極好的回籠，是別人珍藏的，美不可言。一般洋貨以機製見稱，我在此地就看到過「完全機製，不經人手」的廣告。其實在英美，人工值錢，人工才貴重，「全由人工製造」，才是廣告的詞句。美國的食品以「天然」做幌子，聲明所有化學調味品、防腐劑、人造顏料等等，一概不用。這不正是幾千年來，甚至到現在，中國人的食物嗎？還有美國的襯衫、內衣也標榜「純棉製品」，這也是從前地道的國貨。人造纖維在中國一直很吃香，誰知道外國倒先發現它不及天然的纖維。香煙現在標榜「眞菸草」，不是這樣一說，我還不知道有「假」菸草呢。這樣說來，香港、臺灣製的倒全是好東西了。

丟開心理作用不談，我現在才知道手工藝品的可貴。中國從前的刺繡，最上品的用油絨繡：繡了以後，在緞子上不凸起，用手摸去，覺察不出花樣。景德鎭有個瓷工，能在茶壺上畫圖案，跟用尺畫的一樣整齊勻稱。這些事費多少工夫！中國的雕刻之細驚人，指甲大小的象牙上可以雕一篇滕王閣序，要用放大鏡才能看得出字來，書法工整，跟碑上的一樣。據說刻工不是憑目刀，而是憑手的感覺。建築物和用具，古今中外都有雕鏤鑲嵌細工。但是現在的東西都作興粗線條作風。目前西方的家具再沒有十七、十八世紀的精細、雅致。往好處說，人工值錢，人的價值提高了。

連教室、大學、商店、餐館，都流行用粗木做裝飾，好像是農舍，不用平整的板。並非不雅觀，終嫌太簡陋。從前的莊嚴、華麗、勻整沒有了。話扯得太遠，總括一句，中國的工藝品有極可貴的，崇洋的心理作祟，往往忽略，要等別人羨慕，才知道自珍。

舶來的東西很多，還有音樂、美術、文學、宗教、建築等等。我們要好好跟人家學習，好好研究，不能鄙視，也不能盲目認爲都比我們的好。拿音樂來說，我們沒有交響樂，我們的二胡、京胡怎麼能夠跟鋼琴、小提琴比？當然我們的詩、文、繪畫有偉大的傳統，但是西方的詩、文、繪畫、雕刻，也不是輕易可以及得上的。這種舶來品倒是要看重才好，可惜愛好的人不多。

舶來品之可貴，有時在於難得。現在運輸便利，也無所謂了。從前的貢品，如荔枝、哈蜜瓜，現在人人可以吃到，只要花點錢。不過既然路遠，總可貴些。產品在產地一定不稀罕，大家自然不去愛惜它。我從前愛的國內土產是蕪湖的茶乾、南京的板鴨、油雞，我故鄉鎭江的餚肉（香港雖有仿製，差得遠了）。江西大庾的板鴨，叫做南安板鴨，沒有南京的肥，卻更有味，也是名產。我在大庾吃了不覺得是口福，此後似乎再沒有吃過好的，眞是曾經滄海了。這些東西就是舶來品，可惜比舶來的更難得，因爲品質的控制不健全，到了別處就變了。此地似乎沒有南京的板鴨，倒有麥當勞的碎牛肉餅，恐怕比美國的更有味。（香港的西菜偶攙中法，極有特色，堪稱青出於藍。）

有人由香港到臺灣，送友人衣料，結果發現原來是臺灣所製，不過價錢貴了好多，眞是一大諷刺。我在美國見到很多香港、臺灣、南韓的產品，如球鞋、襯衫、熱水瓶等，放在陳列架上和櫥窗裡，儼然「舶來」，價格比產地約貴六倍，不過和美國貨比起來，還是低廉。醉心舶來的美國人，自然覺得又好、又便宜。我這個香港去的，懷鄉病作祟，也很喜歡買，管它舶來不舶來呢。

丁巳大寒於香港

痛恨鞋的人

有一種人似乎最恨鞋子，他們被迫著鞋想必痛苦不堪，所以遇到機會：一定脫下，然後把腳擱在另一張椅子上。我以前提過，在此地坐輪渡的時候，發現身後一邊一隻腳就擱在我的座位兩旁，我只要低下頭就可以見到那十個足趾，有時還在蠕動，看了寒毛都會豎起來。有時候，對面座位上那人也會把腳伸過來，擱在你的座旁。友人說，人的腳比手乾淨，因爲腳不接觸外物，手要拿這、摸那的。可是手總露天，所以沒有陳味；而腳除了襪子（雖然有人不穿襪子），還密密包在鞋子裡——這雙鞋呢，內部又不能常洗，雖然外面可以擦得光可鑑人。因此即使是剛洗乾淨的一雙玉足，穿進鞋子不消幾分鐘，取出來就不堪一聞了。天造地設，腳在鞋子裡，並不散發奇臭，祇要別人不低下頭去狂嗅。可是脫了鞋的腳擱在距鼻孔不超過三尺的地方，就會有股味道往你鼻孔裡鑽了。有一位朋友就很不客氣地對這樣一位「鞋之敵」發過話：「你把腳拿下來，臭！」他說的是英文，不過這句話似乎不需要翻譯，誰都能懂的。至於我，抗議既不敢，掩鼻又覺得失禮，就只有裝作要舒舒筋骨似地，站起身來走開了。

至於鞋子也不脫，就把一雙泥腳擱在前一排座位上的人就更多了。下次有誰坐上去要用褲子把這些人鞋底的污穢抹乾淨，他們就不用多問了。因此我恨不得用一塊抹布當褲子去搭車。我常跟朋友說，像我這種要乘公共車輛的人，沒有資格穿講究的衣服。拿這種衣服替別人抹鞋底泥是什麼滋味呢！

香港的人眞多，越來越可怕。從前假日擁擠，現在平時也擠。我不但沒有資格穿講究的衣裳，更沒有資格穿講究的鞋子。雖然承一位朋友教我踮著腳走，這樣別人只能踼你的鞋底，不能踼你後跟，可是現在人多，大家擠成一團，人家的腳根本踩在你鞋面上，還管你怎樣走法。而且人多，別人踼你、踐踏你，全理由十足，再也不用說「對不起」。好在有鞋子，不然腳背都會被人踹腫，腳趾被人踼破。這樣說，在香港這種地方，鞋子並不太可恨。

鼻孔要受罪的原因多得很，先談香煙。

不知從哪一天起，忽然有人替不吸煙的設想起來，有些公共場所，如戲院內，竟不許人吞雲吐霧。半世紀多以前英國的文人蕭伯納就大聲疾呼過——那時沒有人理他——說在人多吸煙的地方待久了，回到家裡衣服都臭。我的經驗是不但衣服，連頭髮也是如此。現在的醫學告訴我們，不吸煙的人聞別人噴出的和點著的香煙同樣（也許更加）受尼古丁的害。想想我從前在一家公司服務，整天關在冷氣房裡聞別人的煙，不知中了多少毒，不禁打個寒噤。

這種禁煙地區逐漸擴大，由戲院到電梯，我看有一天凡是公共場所都會禁。這可苦了煙客，卻是不吸煙的人的福音。友人辦廠，不許職工在廠裡吸煙，另闢吸煙室，四面玻璃窗，就在大家時常經過的顯眼之處，結果據說都不吸了。現在煙客與不吸煙的人雙方都正在力爭自己的權利，各有得失，不過無論如何，以後我輩不吸煙的日子總好過多了。

儘管皇皇禁令，不准吸煙，或者畫著兩枝香煙，交叉放著，另畫紅圈，表示禁止，仍然有人視若無睹。你不是（那地方，譬如說戲院）管理員，沒有義務（雖然有權利）阻止他。如果竟然請他看看禁令，說不定他會怒目含嗔，瞪你一眼，根本不睬，甚至對你無禮。忠厚怕事的人就皺皺眉頭，忍氣吞聲算了。

戲院裡每到幕間休息，男廁裡的煙可以把人薰倒。我每次進去，要閉目掩鼻，匆匆解完小溲，逃回正廳。人所能安然存留的空間似乎越來越少了。男廁裡的濃煙使我想起一群受管制絕對禁慾的男人，忽然放了出來，可以找個異性，為所欲為的情景。也想起某人坐了牢，出獄後第一件事買包香煙的心情。

我絕對尊重別人吸煙的自由，但身為不吸煙的人，總彷彿覺得，大家呼吸的空氣，不能讓少數人弄髒。我可以撒污泥到你的茶杯裡嗎？

人喝多了酒以後嘴裡的味道實在難聞。這時候只該待在自己房裡。我服務所在的同事每早坐公家汽車上班，有一位總是酒氣噴人。誰也沒有勇氣責備他，只有汽車司機有一次狠狠地說過他：「你那股酒味薰死人了！」他可絲毫不理會，照樣紅著臉，噴他的酒氣。（酒氣味本來很香，但給人喝下肚去，再發出來，就臭了。）我們可以說這一位寂寞可憐，靠杯中物做伴。不過他難道不能體貼要和他坐得貼近的人嗎？

隨地吐痰確是一大罪過，肺病的猖獗，和一般人有這個習慣有關。人的生存機乎全靠自己的抵抗力強。城市的空氣裡結核菌不知有多少，我們隨時會吸進無數，只看進了肺殺不殺得死它。健康的人不用害怕，但這並不是說，有肺病的人就可以亂吐。他應該當別人全是沒有抵抗力的。對於這件事我只有一個不相干的抗議：人不能夠隨地吐痰，狗倒可以隨地大小便，這是爲什麼？狗腸裡的寄生蟲和人的一樣多，別的病也不少，不然就沒有狗醫生了。這一種傳染西方人好像從來就沒有提起過。不過言歸正傳，痰總不能隨地吐。

一切侵擾以聲音爲最可怕，因爲別的還可以走避、掩護，你不喜歡的聲音搗了耳朵也擋不住。現代的手提無線電把噪音由城市帶到郊外，要逃避它越來越難了。（奇怪，下鄉本爲了離城，何以還要把城市帶在身邊？）有一種茶樓酒館，裡面除了擠得人不能隨便動彈，聲浪之高也會叫人食不知味。好在別人耳膜沒有震破，即使破了也不會出血，就不用再去約束了。

順便提一件事，沒有唱過京戲、玩過票的人，永遠不知道其中的況味。名琴師陳彥衡脾氣極壞，教人唱戲如果學的人笨，他就照唱錯的教，以洩胸中的怒火。友人程京蓀兄說，各地的鄉音難改，往往要找各種那個人會發的音，如英文字和某地一句方言，來教會某戲某段某字；用盡心思，苦不堪言。而越是研究得精的人，聽不入耳的字音和腔調越多。這是耳朵要受的折磨之一。你參加一個票房，每次聚會都得聽遍所有人的唱：這裡面唱得好的固然會有，唱得糟的也絕少不了。要是你眞是周郎，有得顧呢。誰要勸唱得不好的人別唱，這一個仇可就記一輩子了。

我參加過一個聚會，座中有位太太從頭到尾一個人說得沒有停過，內容無味，聲音刺耳，我只覺得頭痛欲裂，也沒有敢退出。

那天她的先生（現在安息在天國）也在座，他已經跟她廝守了幾十年了。想到他我就覺得我很幸運，因爲我受苦不過一下子，只有那麼一次。

我說這些事是爲了什麼呢？沒有別的，就只有一個意思：這個世界是大家的，我們不管喜歡不喜歡，都要顧別人。不顧別人的結果是自己也會變受害人。可惜這個因果不太顯明，一般人會忽略過去。

坦白

我們的鄰居有兩家是職業摔角家，都是彪形大漢，凡是水滸傳上用來形容魯智深和李逵威武的，似乎都可以用來形容他們。這一行本來賺錢不多，但據右鄰做保險生意的告訴我，他和摔角佬談過話，原來這兩人本來是踢美國足球的，現在改了行，所以以前踢足球賺來的錢還可以用來過不算寒傖的生活。我除了看他們還在汽車間苦鍊身體之外，最感有趣的是他們都說，「我是扮壞蛋的」那句話。

原來職業摔角全是假打，好似做戲，事前早已定好誰勝誰負，怎樣打法，打多久。其中必有君子，打得正派，也有小人，專門犯規傷人。所謂小人就是戲裡的歹角，一定生得一副惡相，蓄了怪模怪樣的鬍子，穿了奇裝異服。我的鄰居一個生得高大，倒不橫眉瞪眼，只有那鬢髮蓬鬆，十分慘瀨人。另一個矮壯，一頭銀髮幾乎垂肩。這就夠了，凡是看多摔角比賽的，都知道這種人專做壞蛋的。最初看摔角，倒的確夠刺激，多看兩次，明白他們在做戲，就只覺得好笑了。現在他們成了我們的鄰居，所以明人不說暗話，老實說出在「戲」裡扮演那種角色。

凡是職業都有些不能告訴外人的秘密，說穿了就不能賣錢了。從前你去綢緞店買衣料，問店員：「還有更好的嗎？」他絕不回沒有。到了眞沒有的時候，他會找出更便宜的衣料，換更貴的價碼，來滿足你。我知道律師替公司註册，要編一本章程，倒也有上萬字，印出厚厚的一小册，他說是特別起草編的，其實是一本百科全書上抄下來，或是把另一家公司的拿來，改動一下，弄出來的。這些都不能告訴顧客（有些顧客當然心裡也有數），只有打官司才傷腦筋，那不能抄百科全書，因爲每一件案子都有特別的情況，要用心研究，而收費卻不能漫無限制。

且不說摔角家說他扮壞蛋，他可能是很誠實公正的基督徒，我記憶中有人對別人說他自己不是好人，這好像沒有什麼有趣的地方。他是什麼意思呢？是坦白嗎？還是警告、示威？坦白是好的，不過這種坦白叫人倒胃口，說這話的確不存什麼好心眼兒。他不但叫人怕他，不要輕易欺侮他，而且必要時施出厲害的手段或害一下別人，別人應該沒有話說，「我早就告訴過你我是這種人了」。其實他也未必是壞人，不過說這話有點可惡罷了。

善總是好的，做不到也要鼓起勇氣去做，若是根本否定，又成什麼話呢？固然僞善的人更加可惡，大家對於道貌岸然，滿嘴仁義道德，行爲卻卑劣齷齪的人無不痛恨，也不錯的。不過這種人還沒有否定美德，我們對他們要寬大一些；僞善的是人，善還在那裡。

不行僞也有便利，美國出版界聞人司克瑞那（Charles Scribner）某次被一個女人恐嚇，要把他跟她的一段私情公開，他就邀了新聞界，也請了那女子，當衆宣布他跟她的關係，說給過她比時價還高的錢，他說女的現在要公開出來，好，就請他們發表這個消息吧。這眞是一手厲害的招數。我想平日以聖賢自命，或者靠這種名聲在社會上站腳的人，倘使言行有距離的話，就沒有法子這樣對付敲詐勒索的人了。

另一種坦白也有些驚人，有種人自誇做了多少壞事，尤其是男女方面的，說來有聲有色。我想起過一位有江湖俠氣的人物，他的風流是朋友都知道的，有一次提起婚姻，他說，他最甜美的夫婦生活是愛情專一的那段時期過的，他勸朋友對妻子守貞。有人也許疑心他見什麼人說什麼話，我倒覺得他很誠實。抽鴉片的總叫人別抽，不能說他的話不是眞的。也有人說他這樣的人不適宜傳道，也對也不對。如果道理不錯，就讓他去傳吧，廚子燒菜，我們不是只吃菜麼？我們不管他長得是否像強盜，或者是麻臉。

美國自從有個婦人招待記者，說她跟已故甘迺迪總統有過男女關係之後，又有已屆耄耋之年的英國某女子宣布她跟已故某某總統有過交情。那個說跟甘迺迪要好過的婦人招待記者的時候戴了黑眼鏡，是怕什麼羞嗎？我看不會吧，她會撈到一筆錢，倒也動機明顯；無錢可弄的人，也要坦白，難道是爲名？這是什麼名？

我知道有一界的人說話最無顧忌，不知道什麼話會叫人臉紅的。據說女子應付不顧羞恥、說下流話男人的辦法，是說比他更下流的話，使他感不到興趣。初初跨進這一界的人，尤其是年輕女子，恐怕要經過一段時期實習，才能習慣成自然吧！人要付出這樣的代價，不是很慘？

中國人看重知恥，我們從小就聽到無數的教訓講到這一點，西方本也如此，紀元前三世紀羅馬名詩人喜劇家勃勞特斯說過：「不知羞的人，我當他完了。」僞善叫我們作嘔，無恥也叫我們作嘔；僞善會引起氣憤，無恥則會引起隱憂。到了大家都揚揚自得，這樣坦白起來，我擔心，我們眞完了。

讚　羞

據說英國人最怕羞。當代電影明星勞倫斯・奧立維艾演了這麼多一流影片，做過導演，出入交際場合不知多少，還是個怕羞的人。散文名家藍姆怕羞，他本來有點口吃，見了生人更說不出話來。書香門第之後，名女作家維吉尼亞・吳爾夫太太因爲怕羞，有時反而變得無禮。此外出名的很多，不過他們的名字我們不大熟，不必去提也罷。英國有個人在結婚前一晚自殺，因爲他太怕羞了。他們提到這方面的特點，頗爲自豪，我以爲有道理，因爲我特別喜歡有點怕羞的人。

中國人怕羞大約不下於英國人。我知道夏濟安是怕羞的——他寢饋英國文學，熟讀藍姆、吳爾夫他們的文章，是因是果，我不知道。我只覺得他性格極可愛。他日記記載他這個特點很詳，我已介紹過。「我是一個連女人手指都不敢碰的人。」他說。就連對好朋友說心裡的事，他也礙口，看日記二月二十三日一條：

我那時心亂已極，頭都抬不起來，把茶碗捧起來，啜一口，放下去，又捧起來，啜一口，好不容易說出一句：「我在想女人。」

他顧忌這樣多，臉皮厚的人知道了一定要笑掉牙齒。藍姆四十四歲那年喜歡二十九歲的女伶樊妮・凱利。他當然沒有勇氣向凱利啓齒；先寫了劇評，把她稱讚了一番，然後寫了文學史上著名的一封求婚信。結果被拒。雖然凱利回信措詞非常客氣，藍姆受的打擊可不小。這是怕羞的人常常會碰到的慘事。

中文羞字的原義是進獻，見說文丑部。後來才有羞辱和羞澀的意思。由羞又叫人想到恥，想到知恥近乎勇，這和膽子小意思正相反。怕羞的人並不一定怯懦；眞正勇敢的人也不一定臉皮厚。要做應該做的事的時候，怕羞的人也能挺身而出；畏縮的往往是平時不知羞的傢伙。不論怎樣，怕羞是不用難爲情的；怕羞的人總比較老實。厚臉皮並不是恭維的話。世上自有不學無術，因此格外囂張的人，到處大聲說話，目中無人，佔盡能佔的便宜，日後西洋鏡拆穿，他已經不在乎了。他們不怕羞，也可能不知羞恥。

英國人裡也有臉皮厚的。我在香港朋友家見過一個男子，眞虧他好意思，把我朋友的一瓶白蘭地喝了大半瓶，喝了又要，後來索性自己去倒了。要不是朋友太太說要去看電影，大家散了夥，他是有決心要喝光那瓶酒的。他簡直不像典型的英國人。據從倫敦回來的友人說，英國街上有徵求人到殖民地工作的告示，什麼流氓，壞小子都可以響應。這人大約就是這一類的了，英國人會以他爲羞的。平時他還好些，酒一下肚臉皮更厚。

男子看婦女，有種種不同。我認識的人大都有些怕羞，即使貪看也有所顧忌，不會叫女子難堪。有人還會臉紅，豈不很可愛嗎？極少數是肆無畏憚的，我看到過一位，生就一雙大眼，在濃眉下圓睜，幾乎是爲非作歹型。他看女子，眼珠好像壓路石滾子，滾來滾去，要把人家臉碾碎，他才稱心似的。另一位似乎還要厲害些，眼睛像生了牙齒，看到美女就要啃，好像肚子餓的人吃蘋果。還有一位又進一步，他的兩眼就是兩根大釘，見了女子就釘進人家肉裡。（中文的盯字，也可寫成釘，用來形容這位先生的注目，倒更爲貼切。）記得有一齣電影，裡面女主角是德籍的瑪利亞・謝爾。劇中歹角盯著她看，她抗議道：「你總是這樣看人的嗎？」可想而知，這種責問，即使在西方，皮厚的男子也會碰到。不過他們絕不在乎，要是在乎就會收斂些了。我們鎮江有句土話，「天下無難事，只怕臉一摁（讀陽平，這個字我寫不出）。」意思是老起臉來，頗有道理。

東漢的劉楨是個膽子大，不怕羞的人。他辭旨巧妙，曹操的幾個兒子特別喜歡他，想他一定是溫文有趣的。曹丕請文友吃酒，主客喝得高興，他請了夫人甄氏出來拜客，大家臉都朝下，獨有劉楨對著甄氏的面直望。這事給曹操知道了，把他抓去辦罪，成爲歷史上出名的事情。他未必窮兇極惡地盯著甄氏瞧，不過那時禮法很嚴，就這一瞧已經是大不敬了。照現在西方的禮節，不朝著人平視是沒有禮貌的。雖然如此，也要有個分寸，心中要存尊敬的意念。盯著人瞧總不得體。

怕羞的人不大會干擾別人，強迫別人，利用別人。遇到有求於人，沒有開口，臉先紅了，氣透不出來，怕羞實在是君子自重，顧全禮義廉恥。陶淵明的「乞食」詩千古傳通，「叩門拙言詞」，好個「拙」字！活畫出一位君子。末了還要說「冥報以相貽」，溢出一片忠厚之情。英國詩人濟慈跟出版人借錢的信，我從前引過，那種艱於啓齒的情形，叫人感動。他也是道地的忠厚人。我久想寫「市儈」一文，心目中的市儈不限於生意鬼子；凡儘量利用別人，絲毫不顧恩義的都是。這種人絕不怕羞。孟子非利的主張是極其有道理的，可惜現在的人主張的是唯利是圖。

據說應付輕浮男子最好的辦法是比他還輕浮。電影女明星爲環境所迫，頗多深曉其中三昧的人，能弄得男人見了她們要退避三舍。男人對她們輕浮，自然而然會覺得味同嚼蠟。不過怕羞是天生的，有些人一輩子也改不過來。世上有許多這種人是我們的福氣，想想看如果大多數的人都臉老皮厚，那時候我們要過什麼樣的日子。

丁巳小暑於夏洛特

香煙

我父母都抽水煙，我父親當然也抽香煙。我童年孝敬父母的活動之一是替他們涮煙袋，母親打牌，我替她裝煙。這是五十年前的舊事了。儘管如此，我的眼、咽喉、鼻孔非常敏感，受不得絲毫煙的刺激。往往別人在濃煙裡談笑自若，我在遠遠地方已經咳嗽、眼痛流淚了。我分析自己不抽煙的原因有兩個：一是不喜歡水煙燒壞地板，留下的一點點焦黑的痕跡，二是抗戰期間香煙來路斷絕，一般人用草紙捲粗菸草，再用唾液黏起來的艱苦。這兩樣在我腦子裡留下極深的印象。

別人抽香煙那種悠然自得，也很引誘我。我的手也伸到香煙罐子裡拿過香煙，不止一次看看又放下。這表現我的弱點，也表現我的決心。在某家公司服務，我有七年天天抽同事敬過來的煙——提到這一點我就想起一位亡友，他總勸我「噴噴」，我雖說「糟蹋了好東西」，他還是說，「這東西造了是給人糟蹋的」。我這種舉動眞是危險，很少人不上癮。不過我只吸了隨即噴出，既未嚥到肺裡，也沒有讓它經過硬顎穿鼻而出，得到飄飄然的快樂。七年後離開那裡，再沒有吸過一枝。

我並不是不貪享受；我也嘴饞，喜歡吃好的、喝好的，可就不願意「上鉤」。至於比香煙更危險的事，我就警戒得嫌過分。我並非聖賢，既然不喜歡受牽制，要自由自在，只有預先提防，天天要吃喝是沒有辦法的。

近年來香煙危害健康的說法，一天比一天響。而且對不吸煙的人照顧也日見周到。記得在香港應酬很多，晚上回家，內子總聞到我渾身煙味，頭髮裡、臉上、衣服上，恐怕鞋子上，全染了煙的微粒。我聞不到我頭髮，但拎起上衣一靠近鼻子就知道有了。現在據說，不吸煙的人在這種許多人吸煙的場合，比吸煙的人受的害更大。幸而（也是吸煙的人的不幸）不許吸煙的地方越來越多了。尤其電影院裡空氣清潔，——如果觀衆守規矩，叫我覺得舒暢。

說來眞怪，據說有人吸煙日久，喉頭生癌，呼吸要靠插進喉嚨的管子，他還不戒煙。人有兩種，一種是寧受活罪，一定要長壽；另一種是與其受苦，不如享樂早亡。抽煙可以一天不斷地快樂好多小時，即使得癌，少活幾年、十幾年也值得了。你勸朋友戒煙，他會說，什麼什麼人抽了幾十年，沒事！我從不勸朋友戒，並非冷血，要他早日生癌死掉。而是勸了沒有用，徒然叫他心煩、討厭。有時我要說的話他早就全知道了。只有他說了要戒，我才從旁鼓勵。我在一家雜誌社做過事，那本雜誌差不多每隔一月就要發表一篇說明香煙有害於人的文章——連影響消化和結婚生活的話都提到了，說得眞可怕！我會提一提這些文章。但日後絕不再問他戒了沒有。

倒是戒煙的危險不可不知道。有一位美國飛行員，香煙癮極大，有一次決心戒煙，誰知竟得了病。醫生斷定，戒煙太驟是病因。讀者有想戒煙的，先要跟醫生研究一下。

最引起我反感的是香煙廣告。美國法律要煙商在廣告裡寫出奉醫務總監示，香煙對健康有害之類的話，而且煙盒上也要印出。這成什麼話！好像說，這是毒藥，我們爲了賺錢而製造，害了你是你自己的事，活該！與我們賺錢無關。你小心！法律也眞天眞。好像說，香煙是有害的，但是你（煙商）要做生意，去做好了，你們（吸煙的）要吸，去吸好了。想得眞周到。

我覺得奇怪的是，一般商人都打著「服務大衆」的旗幟。沒有一個做生意的人說他的生意會危害公衆健康。不過牌不是這樣打法的。若說人吸煙有自由，供應這種人的需要是服務，這個警告就不該發出。要不然就禁止製造。從這個廣告看來，人多虛僞，妥協，愚蠢！英國實行社會保健，總說政府要人民練長跑，以減國家醫藥的開銷，不跑的要徵稅。這是不是違憲？是不是侵犯人民的自由？如果積極方面長跑可以逼迫，消極方面，戒煙也可以強制執行，政府的歲出更可以減省。何以煙商不能改造別的有益社會的產品？大概只要有利可圖，雖然傷害大衆，也無所謂。做生意公開暴露卑劣，竟到這個地步嗎？

也許煙商有句話不好說出來：「我們供應香煙是替社會服務，法律跟我們無理取鬧，大家要抽煙，我們有什麼辦法？」這話對嗎？

美國目前正醞釀管制私有槍械的法令。社會上爲兇殺太多發愁，要立法嚴禁購藏這種最利害的兇器，但槍商的勢力大，肯花錢遊說運動，恐嚇立法的議員，管制的法令雖有有心人提出，始終通不過。還有槍會的會員勢力也不小。事關生死和大衆安全，竟有這個現象，難怪煙商不肯放棄本行了。

人爲萬物之靈，許多毛病出在靈上。道高一丈，魔高十丈，魔也很靈的。醫藥和毒品一同進步，自由和墮落攜手同行。香煙爲害其實比起來算不得什麼。現在正在研究尼古丁成分少的香煙。我希望有一天完全成功，再看不到那種叫人起反感的警告。

丙辰季春於夏洛特

大自然的浪費

英國今年大旱，電視上出現許多架在乾地上的遊艇，到處是叫人涓滴宜惜的告白，而且到處在鑿井，這使我想起前十多年香港的那次大旱，那年每四天才放一次水，每次四小時。往往樓下放水，樓上就沒有，所以發生很多打架口角的事。我們的水總要供幾種用途，譬如說，洗臉的再洗腳，洗衣服最後一次的清水再洗澡，洗完澡再洗地板等等。就在這種非常缺水的時候，海洋萬里的上空可能降下億噸的淡水，跟鹹水混在一起，香港的人一點一滴也分不到。

大自然就是這樣浪費的，千古的才人夭折，有的一肚子的文章經濟，一點沒有發揮，就與世長辭了，留下無數萬的庸碌之人安享天年。我們如果翻一翻歷史，不知道會讀到多少位懷才不遇，遭逢坎坷的人；天造了優秀的人，往往不給他施展長才的機會。戰爭殺害的天才不知有多少，貧窮跟著扼殺所有膽子比較小的俊彥，因爲敢說「大丈夫當如是也」，「彼可取而代之」這種話的人到底少。

許多著名產品在產地往往極賤，你到橘林，那裡滿地會有爛了的橘子。即使是私人所有，也會准許遊客飽食，最多是不許帶走。有的可能准你攜帶，看你能拎多少。現在運輸方便，連含礦的山泉都可以運出去換錢。你若是在山裡居住，要喝多少都有，完全免費。人類愈來愈集中在城市裡，於是空間成了寶物，新鮮空氣也非常難得。東京的街上就有供行人吸足氧氣的設備，不過是要出錢的。在人跡罕至的地方，至少可以呼吸個暢快。

城市裡連草都很貴，不用說木了。一株一丈長、可以移植的山茱萸要值二百美元，但在山上，鄉下，遍地是這種樹。鳥在籠子裡就要花錢去買，但在郊外，有樹的地方就有鳥，不費一文。你可以看到無數隻活潑愉快的小精靈，聽牠們唱好聽的曲子。北加羅林納州的州鳥名叫紅衣樞機，是綠林中鮮紅的一片小樹葉似的東西，飛來飛去，特別觸目好看。這種紅鳥野外也不知有多少，無人欣賞，只有鳥自己享福而已。

至於黃金、鑽石、翡翠、瑪瑙，不知多少還沒有採出。大洋深處也不知藏了幾許珍珠、珊瑚。天上的雲不知在世界各地幻成多少奇景。關島的日出、日落，尤其是日落，天天現出五彩的大圖畫，供人欣賞；有的像恐龍列隊，有的像火山爆發，有的像烏龍探爪，有的像北非沙漠上的坦克會戰；幾乎凡是人類想像得到的東西全有，而總有碧玉色的天空做背景襯托。可是有幾人有空閒去眺覽？美景就這樣白白消耗，明天再上演兩次，大海中、山頂上的日出、日落，也天天像修道的人念經禮拜一樣，按時按刻，做那分功課。無比的瑰麗，就那樣虛耗掉了。

自然太富足了，所以浪費。一代有一代的才人，死了一批，跟美景一樣消逝，自有另一批出來。天不會塌下，太陽照樣升起。比起來，人太窮，所以不免小氣，我們說，以天地為心，談何容易！

明星群像

這是一本特別的書。電影業發達，全世界的觀衆做資助人，養富了好萊塢，才能佈下天羅地網，搜羅世界最貌美或最能演戲的男女，製成電影；這本書就是把近八十年來這批男女黃金時代的相貌留下印象的總集。

這批人迷惑了多少人，誰也統計不出。我讀周棄子先生寫的那篇談阮玲玉迷的文章，十分感動。他那樣到墳前獻花，眞誠已經不同尋常。後來碰到一位更瘋狂的阮迷，在阮玲玉香消玉殞多年以後，提起來還聲淚俱下，周先生自愧不如，一時同情心重，把自己多年珍藏的阮氏照片悉數移贈此君，此君竟叩頭相謝。世有人鍾情如此，我也有無限的敬佩。好萊塢的明星不乏絕代佳人，影迷的虔誠一定有可以和此君媲美的，可惜我知道得很有限。（上海有某戲迷，曾把心中崇拜的偶像吐在舞臺上的一縷痰用紙揩去珍藏，眞了不起！）

不過我現在要說的，不是影迷的事。我只是看了這本照片集，有些感觸，隨便談談而已。

這本書正說明人生的無常和可悲。青春美貌都不能久駐，本來是老生常談，我們也不必多講；但看了這本畫冊，這一點更顯著凸出，即使是最不用腦筋思想的人也會覺得。我看的美國電影不多，絕比不上友人某兄。不過就我所熟識的那些人看來，滄海桑田，已經夠感觸的了。人到了老年，尤其有這種領悟。

世人無情，在女星美艷的時代，拚命向她們獻媚，可是等到她們年老色衰，就忘記光了。但是有比忘記更難堪的。「神秘女郎」嘉寶老了，總有記者釘著要拍她的照片，不讓她躲起來，藏起她的皺紋。怪不得她要咒罵。有時候該做祖母的史璜笙（Gloria Swanson），還要打扮起來，上電視跳舞唱歌，叫人心酸難忍。美人老了，悄悄待在家裡最相宜，等到死了，報紙上登一條黑邊新聞，讓往日的影迷回憶她們逝去的芳容也夠了。

許多少年時雋美的男明星，年紀一大，臉上的肌肉鬆弛，不但肥大，而且好像有過地震，表面凹凸不平，五官的位置歪扭，再也不是當年的面目。譬如羅勃·泰勒，有時被迫改飾歹角，如果看到昔日自己拍的「茶花女」影片，不知道心裡有多酸楚。約翰・韋恩雖然一直走紅，老來的相貌實在難看，想不到他少年時代還的確很英挺呢。

無數的明星一定是曇花一現就沈下去了，為什麼我再沒有聽人提起？他們當年的相貌極其動人，可想而知紅過一陣子，否則畫册上也輪不到他們佔一塊篇幅。有的也許還健在人世，有的也許在別的方面建樹不小，有的也許含恨以終。從前的影迷當然記得他們演過些什麼戲，怎樣受了歡迎，怎樣收場，就怕這些影迷也紛紛下世了。

不少男女明星長於演戲，如史本塞・屈賽、喀塞琳・赫本，他們紅到老。京劇名伶裡也有這種人物，天生嗓子不好，相貌平常，卻用心揣摩劇情，唱出別具風味的腔來，也能顛倒戲迷。這些伶人的努力是很好的教訓。

名利並不一定是幸福。再沒有比艾維斯・普里斯萊（又稱「貓王」）更受青年男女歡迎了，他的財富也多得十分可驚。但是他死得早，這且不提，死亡前並不快樂。多少人追求名利，等到名利到手，好夢成空，不但幸福不見，許多煩惱倒憑空源源而來。已故徐誠斌主教說，暴富是人生的危機，不知道應付，就是禍患。成了明星就有這個危機。有些人掌穩了舵，安然渡過，的確了不起。鮑勃・霍伯（港譯

「卜合」）就是這種人。

我佩服明星裡面家庭生活完美的人。明星的婚姻破裂，不足爲奇，我們一般人受異性誘惑比起明星來，太微不足道了。他們本人外表吸引人，再加拍片出名，財力雄厚，當然是異性追求的目標。居然也有人頭腦清楚，站穩腳步，實在值得我們加倍敬重。一般人見到尤物要想方法去追求、討好，都未必能達到目的；明星只要不回絕，已經應接不暇了。許多人離了婚再離，到末了感到空虛，只有自殺最爲相宜，喬治・山德士就是一例。（宗教不許自殺，不過這些人是不奉行什麼教義的。）

一般說來，美國伶界士女，享盡名譽，成爲社會大衆景仰的人物，卻沒有替社會立下優良的模範。我們當然不能深責他們，上面已經說了；他們的誘惑太大，他們也是人。不過如果當他們是偶像來崇拜，似乎嫌過分。我們敬仰的應該是聖賢哲士、忠義誠實的男女。我們可以喜歡自己喜歡的明星，但是如果尊敬他們，就只能因爲他們有過人的德行，對本身職業的精誠。說句公道話，這一行裡面，有的是有德行的男女。

美是幻覺，明星給人的也只是幻覺。有一位朋友說過，美人沒有什麼了不起，一旦熟識，幻覺就蕩然，這方面他經驗得多了。影迷之所以長久受到迷惑，是因爲他們總不能跟他們崇拜的明星混熟。幻覺永遠是眞實，直到明星老了、死了，才有修改。

這本畫集也是靈感的泉源，如果讀者是詩人，就可以寫很多好詩。即使不是詩人，不也會勾起許多舊事嗎？因爲不但畫中人老了，青春已逝，盛業不在，只留下美麗光輝的舊影，上了年紀的讀者豈不也是一樣？他們會希望自己也能像這些明星一樣，有過一段華年，而且留下了不朽的痕跡，可以說，沒有冤枉做了一輩子人。說實話，這本畫集美極了，不朽的美，也是無數人心血的結晶，叫看的人珍惜，愛不釋手。

己未夏日於夏洛特

節 食

據說美國家庭浴室裡的體重檢查器有三千萬隻（寒家也有一隻，不過作用和美國人的正相反）。這樣東西是個信號，表示美國人怕肥。我們日常跟美國人一起吃飯，最叫他們驚奇的是我們什麼都吃，他們幾乎很多東西不敢吃。我們從小就瘦，大了也瘦，只怕身上肉太少寒傖；而他們小時候營養足，大了吃得好，消化力強，什麼東西下了肚都變肉。就如今天吃一塊巧克力糖，一夜覺醒過來，明天站上體重檢查器一稱，又多了一磅半兩磅！而美國人也眞愛吃甜。

美國人控制體重的本領眞大，在中國傳教的神父瘦了，回國休假，在船上就可以長二三十磅肉。諧角甲基・格利森（Jackie Cleason）有三組衣櫥，一組是供一百八十磅體重穿的，一組供二百三十磅，一組供二百七十磅。他們幾乎可以說加就加幾十甚至一兩百磅，說減也可以減這麼多。像我這樣不顧一切亂吃，吃飽爲止，四十年體重加減不超過十磅以上，在他們看來就是奇蹟了。他們大多數給自己定一個標準分量，不許增加，在這個範圍以內吃喝。

因此澱粉、脂肪、糖成了三大敵人。米、麥、蕃薯，和這些穀類的製成品，如義大利粉等等都在禁戒之列。汽水裡有糖，不喝，更不用說巧克力了。於是市上有沒有糖而當糖用的甜粉，沒有糖仍舊甜的汽水，只有牛油味而沒有牛油的牛油。據一位美國神父對我說，咖啡喝了都會肥。我不知道什麼吃了才不長肉，稻草嗎？順便說起，因爲咖啡對心臟不好，有去了咖啡鹹的咖啡（但現在政府有關部門研究下來，去了咖啡鹹的咖啡可能引起癌）。

節食之苦幾乎不是餓肚子的人想像得到的。也怪汽車不好，因爲美國人失掉了走路的機會。這是很消耗熱量的運動。現代城市太大，辦公的地方在幾十哩之外，遠的開車一小時以上，哪裡是兩條腿能走到的？而且太忙，也沒有時間慢慢走路。許多高速公路根本不准人走，連腳踏車都不許通過。城市裡煙塵不去管它，路上車輛太多，走路也很危險。一般人就是這樣發胖的。有個軍校的體育教練不節食，他做許多吃力的運動，把吃下去的「燒」掉。當然有生意眼的人會提出種種運動、製出種種器械和藥物來減肥。

這也眞是諷刺，因爲世界上餓肚子的人太多了。記得我家鄉豬油很貴，似乎大多數人吃不起。現在的人才知道植物油更安全，所以美國豬油幾乎不值錢。中國人肥了叫發福，是吉利事，所謂財發身發，見美國人又胖了許多要向他道賀。其實他會說：「我眞倒霉！」世界上飢餓和肥胖對立，分開在各地威脅人。好比有的地方霪雨成災，有的地方乾旱難過，水成了寶，彼此不能調劑。論今天的運輸便利，天下幾乎是一家了，還是不能以有濟無，讓大家都有飯吃。

中國人因爲窮才少吃。我們家鄉江南算是魚米之鄉，也還是吃肉的人少。偶爾吃點炒肉絲就算葷了。現在美國科學家研究，認爲大塊牛肉最容易引起心臟病，素菜、米麥才是好的。我的外姑三十多歲吃長齋，論營養缺得多了，她到九十歲還健在。想不到她走在時代前頭。照現在的情形看起來，吃得太多反而不好；糧食生產太豐，變成禍患，不能吃，不敢吃。有人減肥，只吃蛋白質多的食物，很有效驗，只是食物專家又說，牛肉不可多吃。富裕的國家把孩子吃得太肥，結果叫他一輩子受節食的痛苦，窮國的孩子又太瘦了，身子不結實。

我們永遠有許多問題。不過人是最能解決問題的。幸福的不是沒有問題的人，而是解決了問題的。最好是預先防範，不要讓問題發生。不過沒有飯吃的問題卻太大了。

丙辰八月於夏洛特

誰有資格寫白話文？

照大家的想法，最容易寫的就是白話文了。不錯，文言難寫，要讀許多古書，學了古文才能。我也這樣想過的。後來我漸漸發現，我鄉江蘇鎮江的許多口語我就找不著字眼。譬如把東西扭彎，我們叫「ㄨㄜ」（讀如粵語的「屈」），沒有k的尾聲）。這個字一直到我學會了一些粵語，才知道就是「屈」。我們鎮江人現在的讀法是ㄑㄩㄝ（入聲），是今音，想必是古音在口語裡保存，不過我們不知道罷了。後來我就一直留心，倒也找著了一些字，列舉如下：

瞘——（讀如芶），目深陷也。鎮江話「瞘鼻子，凹眼睛」，卻借用到鼻子上了。「國語詞典」有此字。

焮——（讀如信），火氣也。鎮江話「癤子焮起來了」，是腫痛發炎的意思。

覷——（讀如區）「國語詞典」讀去聲，有「覷著眼」一條，即「將眼瞼微微攏合，專神注視一物」。並引「紅樓夢」裡的一句爲證。

憨——有「憨皮厚臉」的話，指老臉不怕羞。又有「憨厚」，指忠厚。

搡——（讀如桑，陽平）「國語詞典」上聲，作「推」解。鎮江話「你不要搡我」。

趁——（讀如捻）趕掉的意思。這個義普通字書不載，見於俞平伯釋詞。鎮江話「把他趁走」。

扒——（讀如巴）指黏著不滑，如「這雙鞋子很扒滑」。

髁——（讀如刻）膝骨，鎮江話「髁膝頭（兒）」，就是「膝蓋」的意思。

以上這些字是近年來發現的，以前從來寫不出。寫不出的字還很多，如佔人上風叫「ㄎㄚ（讀如卡，陽平）強」這個卡字我還沒有找到。可惜章太炎、柳詒徵兩位先生去世（先外祖閔可仁公也不在了），否則可以請教他們。還有些字我可以猜到，但沒有證據。如「捉（古證今）」（副詞，指神態認眞嚴肅）。不一一列舉。

學了粵語、閩南語當然有用，可以找出不少口語裡保存著古音的字。但也是要小心。就如「無」字古音「模」，廣州今仍照讀，他們另有個「冇」，也讀「模」，但是上聲，用法也異。我們現在不會寫「踊」，只會寫「踩」（按「辭海」收了「踩」；「國語詞典」不收，可見「踊」是正寫。）把字寫正了眞不容易。

我一向以爲，只有章太炎才會寫白話，已經提起過多次。今天看他的「國學概論」談到「白話與文言的關係」，才知道我果然猜得不錯。此文有極妙處：

隋末士人，尚能出口成章，當時謂之書語。文帝受周之禪，與舊友榮建緒商共享富貴，榮不可，去之。後入朝，帝問：「悔否？」榮曰：「臣位非徐廣，情類楊彪。」文帝曰：「我雖不解書語，亦知卿此言爲不遜也。」（見「隋書」「榮毗傳」）文帝不讀書，故云：「不解書語。」李密與宇文化及戰時，其對化及之辭，頗似一篇檄文：化及聞而默然。良久，乃曰：「共爾論相殺事，何須作書語耶？」（見「隋書」「李密傳」）。可見士人口語，即爲文章，隋唐尚然。

這一段文章讀來如聞其聲。他又說：

今人思以白話易文言，陳義未嘗不新，然白話究離去文言否？此疑問也！……昌黎（韓愈）謂，「凡作文詞，宜略識字」……余謂欲作白話，更宜詳識字！識字之功，更宜過昌黎！……今通行之白話中，鄙語固多，古語亦不少……「史記」陳涉世家，「夥頤，涉之爲王沈沈者」，夥頤、沈沈，皆當時鄙俗之語，不書，則無以形容陳客之艷羨；欲使聲口畢肖，用語自不能限於首都，非廣采各地方言不可。然則非通小學，如何寫白話文哉！

以下章太炎先生舉了許多例，證明今天的方言口語，都有古字，不過大家早已不會寫了。如江南、浙江的「不」叫「弗」，就有「公羊」僖二十六年傳注：「弗者，不之深也。」末了說：

余謂須有顏氏（顏之推）祖孫之學，方可信筆作白話文，余自揣小學之功，尚未及顏氏祖孫，故不敢貿然爲之。今有人誤讀「爲絺爲綌」作「爲希爲谷」，而悍然敢提倡白話文者，蓋亦忘其顏之厚矣！

（按這兩個字當讀如「癡隙」。）原來連他那樣的小學家都不敢寫白話，我們眞應該反省反省了。

我上面的話並不是叫人個個變成章太炎那樣的小學家，才寫白話文。我的意思是叫人不要小看白話文，叫白話文作家在識字方面多用點心，不要隨便造字。連曹雪芹那樣高明的人都會不全白話文用的字眼（他把擤鼻涕的「擤」，寫成了「醒」——不知多少人都寫這個字）。

我們現在還沒有各地方言字典，沒有一本大字典，把方言裡的字，古今的音，全找出來，供我們參考。然後再編一本照方言音排的字典，可以依音找字，並注出該字古今音的變化。這樣我們不但不會寫錯字，文章還可以寫得更生動些。

問題當然還有許多。這樣寫出來的白話恐怕比不通的文章還要難懂。不過我們不要忘記，現在不是主張用拼音法來寫中文麼？難道不識的字倒拼得出麼？中國字多識幾個也不會有害的。

戊午初夏於香港

附記：吳語「喉嚨」讀如「胡嚨」，我起初以爲誤讀，不知道古音「侯」讀如「胡」，現在仍舊有寫作「胡嚨」的，見「日知錄」。寫白話文怎麼可以不通小學呢？

文學的紀律

我生平相信別人，不知吃了多少苦，這個癖性改不了，爲親者痛，仇者快。十室之邑，必有忠信，如果爲了少數惡人就把大多數善良的人也當惡人，似乎不公；而且這一來，自己做人的樂趣也全沒有了。內子梅醴最不滿意我這一點：「好了，你爲了要有人生樂趣，就永遠吃苦！」

不過，也不盡然。文字上，我吃過兩次大苦，永遠記在心裡，從此什麼人的話也不相信。十幾歲的時候，一位世伯名叫什麼「博」的，一天，他大發議論，說別人寫錯他名字，博字右上角添了一點。我說，不是本來有一點的麼？他大嚷：「誰說的？」從此我不寫那一點。一二十年後，有一次爲這個一點跟朋友辯起來，他硬說有一點，我說：「你倒是先去查查字典再跟我爭。」他立刻找了本字典來，打開一看，赫然有一點。我還不相信，再翻了別的字典，本本有那一點！

我呆住了。難道我那位世伯連自己的名字都不會寫麼？——眞不會寫。

第二次是一位名作家、編輯，講起「蹩腳」的蹩字，他說一般人都寫錯了。他說：「下面應該是『弓』，不是『足』，大家以爲既然是腳，一定跟足有關係，其實不對。」我聽了深信不疑。後來編雜誌，碰巧撞到這個字，我就改「正」了。這本雜誌有一欄是專門糾正別人文字錯誤的，經人指出這個錯字；我也不服，查了幾本字典，都是我錯，這可坑了很多人！

我還能相信誰呢？最近有位古文字大家，找了一段古文，加以詮釋，我的朋友叫我把它譯成白話。我問他這篇詮釋是否可靠，朋友說：「人家是跟了名師的，他老師是專攻這種文的，教過他，絕對沒有問題。」我照他的釋文譯了白話，心裡總有些不大放心，請人找了原文，又找了別人的釋文，一對照，發現那位先生抄錯了十二處，漏了一個字；釋文也有四處錯誤。（按全文極短，不過三十短句上下。）朋友以爲我謹愼，我就把以前上過的兩次大當告訴了他。

現代著名的雜誌都有研究員，他們做的是逐行逐字的校勘工作。年、月、日、人名、地名、數字、所引述的事實等等無一不校，無一不勘。一般作家引述他人文字和往事，常常只憑記憶，有的根據不可靠的記載，雖非虛構，一樣有錯。如果不考證，就錯下去了。胡適之先生說過，任何書一印再印，一抄再抄，多一次多錯一些，人總有疏忽。古人說，校書如掃落葉，是經驗之談。講究的英文書印錯的地方極少，中文書寫得馬虎印得草率的，錯誤之多驚人。中國有校勘學，英美叫 textual criticism，這方面的專家用心之細，非常驚人。往往因爲一時疏忽，要重新查書，不知要多費多少時間，所以做得久了，自然小心。

有些作家寫某一故事，講到某一宗教，完全不先把那個宗教研究一下，隨便就憑他的想像作起文章來了，說出許多完全和實情不符的事，這是很可怕的。即如天主教，有些名詞連資格老的教友都弄不清楚。單說東方禮和東正教的儀式、裝束、習慣極其相似，實則完全有別。案東方禮仍然是天主教，奉梵諦岡的教宗爲首，東正教自成系統，不理梵諦岡。這件事詳細說來至少也要寫幾千、幾萬字，本文只有從略。這只是說，一件事如果沒有好好研究，就來談論，是很危險的。至於犯粗疏錯誤，連極普通常識也沒有，那就更不可以原諒了。

現代西方的圖書館有很多爲人服務的地方，不但可以借書來看，還可以討教，影印資料，所以不把事情、詩文原文查明，注釋弄對，說不過去。這當然有時間、本身知識、圖書館遠近等等問題。但是如果書在手頭居然抄錯，普通字的聲音、意思也不查清楚，別人就不肯原諒了。

文字上的出入似乎沒有標準，也不像科學計算起來那麼精微。譬如我們說人有好、有壞，這是兩種；好有好極、非常好、很好、還算好等等，不過四五等；壞的那邊也是如此。而照相機的速度就有千分之幾秒等等，分得不知多細。但是相當好究竟不是頗好（頗字古文裡有「略」的意思，但如今不用了）。這一點分別還是要講的。朱子有一句講文章的話，說要像法官辦案一樣謹嚴；我們現在對於文字的考核，精神上要像太空科學家計算種種數字那樣認眞才對。不要相信別人的話，個個字要查過、對過才能作數。不但對別人如此，對自己尤其要如此。

有人提過，文字也要講紀律的，我的書不在手頭，無法引述。大家作文有如中醫下藥，連分量都同樣重要。寫作、翻譯也都要像軍人一樣紀律嚴明，不能沒規沒矩。往往差之毫釐，謬以千里。對於別人的文字，也要多多查核，不能隨便相信。編雜誌的人不能說，作者自負文責，把別人的錯誤照登出來。有了錯誤他就難辭其咎，因爲這對讀者不很公道。另外一方面，查了書的讀者也會來信質問。編者應該把查出來的告訴作者。

世上的事不論大小做起來都要負責，白紙上的黑字更要認眞，因爲流傳廣，對別人有關係，錯了也抵賴不了。

作家與學者

據英國的學者葛洛（H.W. Garrod, 1878？）在「評詩法」（Methods of Criticism in Poetry）一文中說，詩人阿諾爾德（Matthew Arnold, 1822 1888）熱心文藝批評，是不再做偉大的詩人以後的事，他還說，大多數的詩人都寫點批評文章，司文本說歌德是全世界最糟的批評家。拜倫對別的詩人的批評全荒唐之至。我也無暇去細細考查這些，不過倒覺得作家和學者顯然有基本的不同。我所認識和知道的人當中，有學者、有作家，當然也有身兼二者的人。不免常常想到他們，把他們加以比較。

界限並不是涇渭分明，一身兼爲學者、作家的人也很多。只有極專而造詣又極高的一種人，才會顯出某一方面成就和另一方面的差異。

首先我想提的是已故的徐誠斌主教。他學問淵博，文字的工夫高深。如果喜歡寫，中英文的文章都可以寫很多。可是他不寫。只有公務方面有需要，如每年到了大節日（天主教叫做瞻禮）如復活節、聖誕節等等，他要發表牧函，才去動筆。寫出來的文章優美、內容精妙，總是上乘之作。他身後遺作散漫，至友如林以亮兄也無法蒐集編印。

博洽多通，見識超絕的文學家不寫作的人很多，我也不能一一提出。我懷疑他們都是智慧卓越，讀書很多，好的文章也看得很多的人。因此對於寫作的要求也更苛刻，不肯輕易下筆。古人所謂惜墨如金，諒是指他們這種人說的。越不寫就越不喜歡動筆，所以除非萬不得已，總不寫文章。

孔子就不寫作，他卻是第一位編輯；「詩」、「書」則整理之，「春秋」則刪修之。從他弟子記的他的話看來，他很可以寫許多書。現代的教育家「不出書，就出殯」是古時候沒有的現象，孔子也是教育家，就不寫。

中英文學似乎有一個差異，值得比較文學的學者留心。從前中國的作家大多數是學者，照仇兆鰲說：「杜（甫）混茫而性以學成……世言不讀萬卷書，不行萬里地，皆不可以讀杜。」由此也可見杜的學問。古來的作家大多數是學者，一直到清朝的桐城派，詞章之外，都還要講義理、考據。學問家如顧亭林、紀曉嵐都寫得很好的散文、駢文和詩。西方的作家雖然也要有學問，可不一定有很淵博的學問。莎士比亞「不懂希臘文，只有一點點拉丁文」，爲當時有學問的人所輕。短命的詩壇奇才濟慈（據說有希望寫出可以比擬莎士比亞的詩）學問造詣不高，典故會用錯。小說家更不提了，好些第一流名家如狄更斯、喬洛（Anthory Trollope, 1815 82）、布朗蒂姊妹（Charlotte, Emily. and Anne Brontë: 1816 55, 1818 48, 1820 49）都不是飽學的人，絕不能跟羅貫中、施耐庵、曹雪芹相比。

不過學者儘管能指出這些西方偉大作家的文理不通，掩不了他們的萬丈光芒。大抵學者看重知識，覺得生也有涯，全部空閒都用來讀重要的典籍，都還嫌不夠，哪裡有時間創作？再者讀書的樂趣無窮，何必自苦，去忙著操觚，表現自己的思想情感呢？他是「爲己」，是智者，也是超人。

作家卻不同。他有把火在心裡燃燒，不把自己的思想情感寫出來，不能安適。這些思想情感也許沒有多大要緊，不過他也顧不了多少。他讀一篇文章還沒有到一半就有了文思，以爲別人從沒有想到，或者想表達沒有表達出來。因此永遠專不了心研究一個題目、讀一本著作。他忙著動筆，只有放下學問來。寫出來的文章是否完美、言論是否允當，都在其次，要緊的是寫。

我剛才說這兩種人「大抵」如此，因爲不是人人如此，而且好學和好寫的程度也人人不同。有人畢生做學問，不寫作。參與新文化運動的錢玄同不寫書，學問卻精深得很。同時的，漢奸罪名永遠洗不清的周作人學問淵博、思想清通，而勤於寫作，是「兩棲」。王國維治學極有成就，就寫了不少書，單就純文學來說，他塡的詞極好。是學者，也是作家，不過我們只當他是學者。

有人本來有創作的才和熱，但隨後給學問吸引了，再不創作，結果才氣耗掉，熱力消散，就和創作絕了緣。有人不堪創作之苦——一題在手，廢寢忘食，神魂不安，於是放棄，轉而任情享受讀書的樂趣，增進自己的學問、智能。也有人從來沒有想到著作，可是因爲某件事寫了點什麼，竟成了文壇巨人。達爾文少年時代本喜歡文學，接著研究科學，就把文學擱下來。後來想再親近，文學也疏遠他了。英國有位紐曼樞機（John Henry Newman, 1801 90）從沒有打算創作，後來爲了答辯金斯萊（Charles Kinsley, 1819 75）的指責，寫了「自白書」，文筆雄健優雅而流暢，這本書竟成了他著作之中最受歡迎的傑作。

讀者享受別人辛苦的創作，可要辛苦創作一點，回敬別人？這是個很有趣的問題。事實上創作的人絞盡腦汁，也會找本書來看看，鬆散鬆散的。從另一個觀點來看，讀者出錢買書，也付了代價，作者收的稿費和版稅雖然不算豐厚，也總有了報酬。不過杜甫、莫札特這種偉大的文學家、音樂家並沒有得到什麼酬勞，後世的人享他們的厚賜，是永遠報答不了的了。「千秋萬歲名，寂寞身後事」，一點沒有說錯。我上面提了，不創作的是智者。英國散文家藍姆寫信給女伶凱麗求婚，說過公衆不知感激的話，其實現代的公衆對演員算是好的了，對作家要差很多。

作家不一定是學者，不過稍微讀點書，肯多查書，也是很好的事。林以亮兄告訴我，十九世紀的小說家不但英國的狄更斯沒有什麼學問，英文有毛病，法國的巴爾札克也一樣。但是此後的小說家學問漸漸好起來。亨利・詹姆斯、阿爾德斯・赫克斯萊這些人都不是沒有學問的人。作家的文章尤其應該講究一點。莎士比亞沒有讀什麼古文，可是英文到了他手上眞寫得出神入化，也不是完全不學無術的人可以仰望他的項背的。狄更斯做過記者，速記術高明，熟悉倫敦下層社會的生活，自有寫作的資本。

因此作家也不要「施捨」得太多，後來自己成了頭腦空空，沒有人可以救他。我不免貪心，盼望智者偶爾也把他們的錦心揭開一些，讓我們這些凡夫俗子分享一下他們的妙想。宇宙很大，自有次一等的學者寫出無量的作品把圖書館塞滿。

也有無量的灼見沒有著之筆墨，流傳下來，人還是照常生活，也許誰寫誰不寫都沒有關係。

己未大暑於香港

文學和別的行業

文學家並不都是靠筆桿子爲生的。許多作家幹的是另外一行。中國從前開科取士，一旦名列金榜，就不愁沒有飯吃，空下來大可寫作。英國從前貴族養士，文人衣食也有著落，不必發愁。近代資本主義的社會才有稿費，但是靠它維持生活，還是危險。自己家裡富有，或者幹別的行業的人，用他們的餘暇，來寫小說、詩詞、評論、小品，倒可以「慢工出細貨」。

首先我想到的是英國十九世紀的藍姆。他出身清寒之家，進的是貧童學校，十七歲就在東印度公司做小職員，一做三十三年。他不僅是散文家，並且是英國有史以來極少數最偉大的散文家之一，又寫很好的詩。結交的是當世最有才，創作最輝煌的作家，備受他們推崇。

藍姆的名字是大家都相當熟悉的。好些文壇鉅子並不屬於文藝界，卻是大家不很知道的，英國十九世紀有位兼營航業的銀行家拔吉（Walter Bagehot, 1862 77），散文寫得極有工力，做過「國家評論」（National Review）的聯合編輯，又做過最著名的「經濟學人」報編輯；不但政治、經濟、金融方面寫了名著，而且撰過「文藝研究」（Literary Studies），刊在「國家評論」上，到現在還有人讀。

且說近代，大詩人兼批評家艾利額（T.S. Eliot, 1888 1965）也是一位銀行家，後來又從事出版事業。英國著名的費伯出版公司，他是董事之一。

以寫幽默故事著名的加拿大的李考（Stephen Butler Leacock, 1869 1944）就是經濟學家，教過書，講過學，現在的人只記得他以寫作聞名。

近代美國名詩人司蒂芬司（Wallace Stephens, 1879 1955）過的就是雙重生活。他是律師，也是保險業鉅子，做一家大公司的副總經理，退休年齡到達以後，還繼續工作了五年。

除了金融經濟界，英國詩人裡面，還有兩位是種田的，布魯姆菲爾德（Robert Bloomfield, 1768 1823）、克萊爾（John Clare, 1793 1864），可憐都死於瘋病。克萊爾寫瘋人的心情苦況，叫人下淚，別的人絕道不出。

小說的稿費比較多，版稅收入好，當年寫「撒克遜劫後英雄傳」（Ivanho）的司各特（Sir Walter Scott, 1771 1832）欠下十三萬鎊的債，拼命寫作，因此過勞短命，臨死前到底把債還清。這筆數目若在今天，不下幾千萬元，居然能夠寫出來，收入之優可想而知。但是儘管如此，仍然有許多人要幹別一行。十九世紀極爲著名的喬洛（Anthory Trollope, 1815-82）是郵政局的小職員，後來成了高級公務員。他認眞寫作，一共賺了七萬鎊左右。另一位高級官員是寫極爲驚險的「第三十九步」（Thirty-Nine Steps）的布肯（Sir John Buchan）是英國派往加拿大的總督。

至於軍界、教育界、神職界的人著作多的，更數都數不清。寫作這一行眞是門戶大開，人人可以來下海玩票，連文憑也用不著。（恐怕最高級的文憑也不一定有什麼用。）

詩文由各行各業的人來寫，是很好的事情。文學反映的是人生，眞實的生活經驗，這怎麼能給終身揑筆桿兒的人包辦呢？不但金融家、律師、教師、郵務員應該寫作，妓女、小販、理髮匠、礦工、保安人員、倒垃圾的……個個都該寫。妓女尤其可以寫最動人的詩文。中國唐朝有許多詩才極高的妓女，她們接觸的人多，也眞知道人性，如果聰明能文，就可以寫了。法國大抒情詩人維薩（Francois Villon，

1431卒年不詳）刺死過一位神父，牽涉在搶劫案裡，又因偷竊被捕，被判死刑，減刑改爲放逐。他的經驗可豐富極了。我們當然不贊成爲了文學，社會上要有妓女、強盜，殺人犯，但是他們已經做了這種種人物，當然不能不准他們把經歷和感受寫出來。

也有不能寫作偏偏要擠進著作之林的。現在西方有捉刀人，所謂「鬼作者」（ghostwriter），此輩文字清通，自己沒有創作，專替別人作文。富有的人，不惜拿一大筆錢，叫他們代寫，以求出名。這些文章吹牛的居多，不看也罷。可惜貧苦不文的人，請不起捉刀人，他們即使有非常的經歷，也只得與草木同腐。

話又說回來，非常的經歷也並不靠不同的行業。文人特殊的經歷，自然可以充寫作之資。杜甫遭逢安史之亂，吃盡了亂離憂苦，寫出不朽的詩來。別的作家也是如此。不過別的行業的人碰到了安史之亂，可能寫出不同的詩文來。

另一方面，大藝術家憑他們的才——想像力——能夠設身處地，寫出各種人物的感受，比親身經歷的還要眞切。托爾斯泰就能，他寫少女的心情，簡直是呼之欲出。這是例外，一般人少不得藉重親身的經歷，所以我們仍舊歡迎各行各業的人一齊來寫，這樣文學作品的內容就豐富了。

己未白露於香港

散文的欣賞

散文的範圍很廣，不是用韻文寫的文章都是散文，今天我所要講的（註），是寫得精妙，可以欣賞的散文，而且以小品文爲主。

有一個現象很值得我們注意。英文小品文雖然歷代都有名家，可是幾十年前已經沒有人寫，沒有人要讀了。這個現象研究起來，有很多原因。西方國家多數人生活板眼快，沒有閒暇細細讀像藍姆寫的那種談人生和文學的小品文。他們讀文章一定有個目的：讀專家分析時事的言論、或有關醫藥等等日常生活的文章，希望得到安全。如果爲了消遣，就看電視，最多看點小說。散文的節奏太慢，給人的快樂也淡。只有中國人居然還喜歡讀散文，也可以說很了不起。從五四到現在，一直有人寫，有人讀。因此也可以談。

目前西方散文除了高級新聞，寫得的確好，還有文藝批評，一枝獨秀；這種文章自成一類，學術氣味極重，不是專門研究這門學問的人，幾乎看不很懂。

欣賞散文，第一要能辨優劣。

這件事極其重要，也不容易。說重要是因爲如果不知道好壞，結果把很多時間都花去讀次等，甚至劣等的作品，所得的快樂和益處有限。說難是因爲散文不像白蘭地酒，越貴越陳越好。許多大家搶著讀的作品不一定好，要眞正的內行才能夠得上說是有眼光。一般人讀的散文少，沒有專門去研究，很難鑒別散文的等級。不會鑒別，時常看劣等散文，還以爲挺好。同樣花精神時間，讀的卻是要不得的東西，豈不冤枉！

說到文藝的欣賞，我不免想到吃喝和聽戲。中國有一句俗話，三代有錢才會吃喝，可見得不容易。至於戲迷，也不知聽了多少戲才懂得其中竅門。中國有老饕，饕餮這些名稱，現代話叫做美食家，飲食鑒定家。粵語有句極生動的話，說某某餐室的菜有「鑊氣」，這句話譯成國語「鍋氣」就什麼味道也沒有了。也只有粵語所謂「食家」才能辨別什麼菜才有「鑊氣」。希望各位都是食家、戲迷。

不知道有多少人給散文下過定義，我也參加過。不過我想我們最好不要做這件毫無意義，吃力不討好的事。找幾本好的散文選本看一看，看看那些選進去的文章裡面寫的是什麼，怎樣寫的，作者寫那些文章，爲的是什麼。用時髦話來講，就是文章的題材是什麼，作家怎樣處理題材，他創作的動機是什麼。這樣一研究，什麼是散文，不說也知道了。

我認爲由選本下手是最好的方法。單拿散文極盛的唐代來說，「全唐文」有一千卷，一萬八千四百八十八篇，作者有三千零四十二個人。最通行的「古文觀止」裡唐文只選了四十四篇，九家，眞是少之又少。不過以一般人的時間和精力來說，也不得不借重選本，因爲選家花了不少時間和精力慢慢挑選，選出來的當然是比較好的。我們不一定完全跟著走；自己還要選。不過大體上出名的選本總有它的價值的。

但是現代人選現代人的文章，不很可靠。很多選的人顧到情面，把朋友的、出名的、有地位的人的文章也選了不少。許多選進去的文章文學史上是否有地位很難斷定。近代人的文章只有靠自己和師友的指示去選來看。

看古文的選本不要限於一個，把出名的選本多比較一下，如果各家都選了，大致是可靠的。不過選家也有一個毛病，許多出名的文章未必一定很好，但既然大家都選，他也不能漏掉。這種情形不太嚴重，因爲出名的文章我們本來也該知道的。

我看過英國牛津大學出版社「世界名著叢刊」（World Classics）裡的「近代英文散文選（Selected Modern English Essays）」，一共二輯。我曾經照每篇末列出的專集名稱，搜了一些來看，發現有些作家的文章經選者選過，幾乎就再沒有什麼很可看的賸下了。可見他的眼光眞犀利。

有些選本還附了評語。這些評語都是名家的，大可供我們參考。有時也有互相衝突的。譬如韓愈的「送孟東野序」，劉海峰說它「文以天字爲主，而『鳴』字、『善鳴』字縱橫組織其間，奇絕變化。」又說，「雄奇創闢，橫絕古今。」張廉卿說，「儀禮之謹細，考工記之峭宕，惟此與畫記與之相肖。」但方望溪卻說，「林希元云，『文極變化，而以爲人物之鳴，皆出於不平，則未確。』人多不察。」曾滌生也說，「徵引太繁，頗傷冗蔓。」我認爲方、曾的話說得對。而劉張的話也有些道理。好些選本就沒有選這篇文章。

選本也是一部活的文學史，一方面選了名家的文，我們知道哪些人在文學史上有地位，由最早的時代，一路發達下來。最好的是，我們不但知道文學史，還有樣本看，親自來看名作家到底好在哪裡，怎樣一個好法。

通外文的人，看點外文的選本，比較比較，也很有益。這當然指文學有卓越成就的國家的選本，如英、法、德、日的，英國散文優良的作品很多，足可以供我們效法、欣賞。按詩人白倫敦對我說，法國的散文更好。

第二條入手的道路是文學史。剛才提了選本是很好的文學史，但是究竟不是完全的文學史。沒有讀過任何名著，逕讀文學史沒有用。至少大名家的文章要看過一些，同時看選本裡的評語，這樣心裡已經有點印象，有點底子。再看文學史，就可以知道一個大概。

我們讀選本裡古人的文章，要知道他在文學史上的地位，養成把歷史放在心上的習慣。單以唐朝的韓愈來說，他是文學革命的人物，反對六朝以來萎靡不振的文風，歷史上說他「文起八代之衰」，成了唐宋八大家的領袖。用這種眼光來看五四運動那時的文學革命是很有幫助的。拿選本來說，一時代有一時代的選本，各有好處。因爲一時代有一時代的文學，也各有好處。六朝的文章自有它興盛的時代和優美的地方，不過到了某個階段就不能再維持下去了。我們今天已經不寫駢文，不寫古文，但是白話文學不是平空產生的，背上還背著整個中國文學的傳統。所以不但文言字詞，有時不得不用，甚至平仄聲韻全要顧到。有時還要有對仗，排比，這完全是駢文、古文的一套。

一個人倘使對於中國文學的遺產全部不理，他就不容易辨別文章的好壞。讀選本，有文學史的認識，是承受遺產的不二法門。不走這兩條路，靠自己的聰明、口味，總有欠缺的地方。

第三是靠文藝批評。從前我們不懂什麼叫文藝批評，中國一向缺乏有系統的文藝批評。「文心雕龍」、「詩品」、「滄浪詩話」算是比較完備的文藝批評。西方人在這方面規模可大了。不但有系統的著述很多，而且方法和派別也不少。我今天不能多講這方面的學問。一個人如果專心研究文藝批評，可能沒有時間再做別的事情。我所要說的，就是中國並不是沒有文藝批評，而是批評的文字散見在詩話、詞話、文章、書信、筆記、日記裡，要自己去找，或者等別人把它一一找出來。很多的批評可以供我們判別作品好壞的參考，不過我們當然要有自己的主張，不能人云亦云。

有的高明的批評家能把某一個作家的優點、弱點一一說明，很多地方他如果不提，我們可能永遠不知道。這種人的文章和書，值得一看。不過我以爲，讀者的識別力主要還是由多讀文學作品得來，光靠文藝批評的方法和原則，是沒有多大用處的。拿飲食來說，若不是喝過許多不同的茶、酒、湯，吃過許多不同的菜，單單看食譜，哪裡能有判斷力呢？

現在再談讀者本身。

讀者自己要有點詩文的底子，懂點平仄聲韻。

散文家多數是有點學問的，即使不是最偉大的學者，也是涉獵很廣的人。以往中國的作家都是讀書極多的人，八大家可以做例子。西方小說家有的學問比較差，如英國的狄更斯、喬洛（Anthony Trollope, 1815 82），詩人如濟慈、羅伯・布魯姆菲爾德（Robert Bloomreteld 1766 1823）、約翰・克萊爾（John Clare, 1793-1864）。他們憑敏感和想像力寫作（這是外國說法，中國話是有才氣）。散文家裡面也有學問差些的，如英國寫「天路歷程」（The Pilgrim's Progress）的約翰・本寅（John Bunyan, 1628 88）——我們不應該忘記，他熟讀「聖經」——還有威廉・考備（William Cobbett, 1763 1835）。不過他們是例外。從羅馬的石舍魯（Marcus Tullius Cicero 106 43 B. C.）到法國的蒙丹納（有人譯爲「蒙田」），英國的倍根，都是碩學之士。近代英美的詩人、小說家、散文家就都是有學問的人了。

因此欣賞散文，不得不培養對學問的興趣，喜歡讀書，最好無書不窺；至少也知道自己的學識淺薄在哪裡，知道請教別人，知道怎麼查書。否則別人寫的全不接頭，也不知道他說的話對不對。往往把錯誤的話聽進了耳朵，不知等到哪一年才有人糾正。很多的作者寫文章並不負責，根本不看書，也不去查，讀者如果不小心，就要吃他的苦了。吃了這種苦，法律並不管，只有自認倒楣。

散文的讀者不一定是學者，但要是個很喜歡學問（就是現代話求知慾很強）的人。我想今天諸位最想知道的是什麼樣的散文才算好。

散文第一個要具備的條件當然是內容。散文和詩有個基本上的不同，散文雖然也抒情，而且有詩的散文（我們還是叫它散文詩吧），但是詩主要是寫情、寫感覺的。散文當然也寫情，也寫感覺，不過還有別的。而且寫情、寫感覺的方法和詩的不同。散文是和讀者談心，主要是要讀者覺得，作者說的話有道理，聽了舒服而服氣。因此一首詩可以沒有內容，就只有作者一時的感受，讀了當然也有感受，可是用不著研究作者的感受合不合理。李白說「桃花潭水深千尺，不及汪倫送我情」，是他的感覺，桃花潭的水是不是一千尺深，汪倫的情是不是比一千尺深，全不用我們研究。可是散文裡說的話，別人句句都要查根究柢。韓愈寫的「送孟東野序」說「大凡物不得其平則鳴」這句話就出了毛病。像「原道」那種論文，更不用說了。

不但句句要查根究柢，連一篇文章前後說的話是否貫串，都要考校。這還是最起碼的，讀者要求的是，有沒有主要要表達的：敘述一件要緊的事情、一段歷史、某人的言行、性格；有什麼道理要講、哲理要闡明、人物要批評；有什麼感受要傳達、牢騷要發洩、風俗要諷刺、善舉要鼓勵。所表達的是否言之成理，說得近乎人情？

散文最忌內容空洞：抒情文說的是沒有味的無聊的話，講個故事全沒有要點，說理說的是自相矛盾，經不起盤問的理。這種文章不讀更有福分，最多是讀與不讀差不多；等於喝了泡了幾次的茶，甚至是餿了的湯。散文又最忌陳言，別人說過的話，就不要再說，沒有新的意思，就不要寫。寫散文切忌賣弄學問。雖然文章裡有學問，散文不是學術論文。

以往中國講文以載道。顧炎武說：「凡文之不關於六經之指，當世之務者，一切不爲。」他的主張是「文須有益於天下」，也就是「明道也，紀政事也，察民隱也，樂道人之善也」，寫得越多越好。他反對的是「怪力亂神之事，無稽之言，勦襲之說，諛佞之文」，寫得越少越好。大體上他的主張不錯，不過西方有一種詼諧的文章，只是有趣，他們列爲上品。這種文章可遇而不可求，並不容易寫，怡情悅性，我倒認爲也是有益的。

散文不怕寫小題目，借別人書上一句話，就可以寫一篇妙趣無窮的文章。一粒沙裡有宇宙，英國有位大散文家貝額彭（Max Beerbohm, 1872-1956）就有這個本領。

散文家不一定暴露自己所有的短處，但所說的話要句句是實。說了虛僞的話，讀者會發現的。

散文不怕淡，只怕太濃。要像橄欖，吃了口裡會回甘。又像喝茶，當時很淡，過後口裡清爽舒適，同汽水、和放了牛奶糖的紅茶不同。

不過無論載道與否，文章總要寫得時有妙趣，叫讀者不忍釋手。文章倘若沒有內容、寫得無味，甚至拙劣不通，是應該判罪的，因爲作者浪費了讀者的金錢和時間精神。

但是還有一個最重要的尺度，來衡量散文的優劣。這就是作家的氣質。中國人講究的溫柔敦厚，西方大體也是如此。西方雖然有諷刺一派，如寫格利弗遊記的司威夫特，他們嘲笑的是社會病、一般人的愚蠢。但是多數的熱諷多於冷嘲，有人諷刺了別人以後，仍然表示無限同情。而且嘲諷往往不放過自己，從不以超人自居，高高在上，看世上的人和蛆蟻、豬、狗一樣。散文家不可以太憤世嫉俗，總包涵一些，看到一些光明，給人一點鼓勵。我們拿詩人來說，杜甫除了作品規模宏大，變化無窮，還有他爲人忠厚誠摯，同情心重，所以寫出來的詩特別感人。我們對於寫散文的人也可以有這方面的要求。

好的散文一定近乎人情，合乎道理。即使作者的見解是偏頗的，也要講得合情合理。謙遜是一大要點。讀者永遠不喜歡驕傲自大的作家。不過雖然謙遜，仍然要顧到自己的尊嚴。說妙理深入淺出，不可像寫哲學論文。細的寫到極細微的節目（如柳宗元寫的遊記），有豪氣卻沒有霸氣，沒有粗獷氣。幽默是因爲無意道出眞情（眞情有時不但很幽默，也很驚人）；故意幽默，做鬼臉兒人笑，反而要叫人作嘔。眞情寫出來讀者會流淚，作者又哭又喊是沒有用的。

上面說了，寫散文是和讀者談天，因此不能對讀者演講、教訓，尤其不能大聲疾呼。更不能叫口號，因爲口號不能不停地叫下去。當然不能一味唱高調。寫散文不是歌詠；讀者要聽歌，會去念詩，去聽詩人唱歌。既然是談，就要坐下來慢慢地談；所以散文不能太短，總要一一道來，有頭有尾。散文裡可以有警句，但是散文不是靠警句才值得讀的。沒有警句也可以有好散文，警句太多，反而是毛病。

其次，散文是文字組成的，所以文字要精。詩的文字當然最重要，因爲文字不僅是詩的血肉，也是詩的靈魂。怪不得詩人對於字要千錘百鍊。這並不是說散文的文字可以馬虎。我們總以爲散文比詩容易寫。英國劍橋大學的文學教授奎勒・庫琪（Arthur Quiller-Couch 1863 1944）卻認爲散文比詩難寫。這一點我現在不想多說；我只想說，散文很難寫，詩用意象很自由，散文雖然可以用意象（事實上許多常用的字，根源都是意象，用久不覺得罷了。如「東」字從日在木中，在木下叫杳，「林」，有叢木叫林，從二木），但是用得有限制。詩有韻律、調平仄，有譜可循；散文也要有韻律、顧到平仄，卻沒有譜。剛才說的散文的韻律、平仄；不是要協韻、調平仄，而是要避免協韻、避免平仄一律。除了偶用對仗，偶句，這是駢文的遺跡，以增加文章的美以外，句子要長長短短，句尾要平仄互用，免得像韻文。

許多散文因爲作者沒有在音調上用功，結果不堪一讀。

現在再說用字遣詞。散文家要多認識幾個字，往往一樣東西、一種情感、一種情況，都有一定的字眼可以用，作者應該認識那些字眼，不能用「百搭」。有時候爲了有變化，要有幾套字眼可以掉換了來用。現在一般人寫作大都學劣譯，用「進行……」、「接受」、「使到……」、「通過……」這些怪字眼。亂用成語，似是而非。有時用了又用，叫人看了就煩厭，如「嘆爲觀止」、「短小精悍」等等。不但中國文不會寫，連中國話都不會說了。看散文就等於看拙劣的譯文。一篇文章如果造句遣詞都有問題，那麼這篇文章一定不是一流的了。

散文是美文，不過與其華而不實，情願實而不華。寫得具體、詳細，不抽象籠統，就很美了。

散文要明白曉暢，切忌晦澀，像天書一樣，沒有人看得懂，最多只懂得一半，另一半要猜，要翻譯。散文不是詩，詩人有權利叫讀者看幾次才懂他的意思，叫讀者細細尋繹，反覆玩索，才慢慢明白。一旦明白了，意味無窮。詩的篇幅短，讀者用一番心還不要緊。散文總是長的，如果對讀者也這樣要求，未免太不公道。而且讀者費了許多功夫摸索出來，並沒有什麼深文大義，爲什麼不說明白了呢？

寫散文的人也應該推敲，多多修改，把讀者看不懂的地方改寫一下，改得容易懂一些。太難懂的文章不必去看，就好像不洗、不熟、沒有調味的菜，我們當然不吃一樣。

當然最要緊的是欣賞，要得到讀散文的快樂，就得下了一番苦功。有些作家雖然不是第一流，但是你們喜歡他，當然可以讀。文章好不好，見仁見智，有時是沒有一定標準的。那麼找自己喜歡的作家讀吧！

註：這是己未八月下旬應市政局圖書館和明報之邀，爲「香港文學週」在香港大會堂演講的講稿。

附錄

學生寫中文的遣詞造句

我接連寫了些文章，提到國文程度低落，劣譯害人。很有危言聳聽的嫌疑。最近注意不少位青年的作文，發覺事實上我所擔心的還嫌不夠。朋友勸我把看到的例子舉出來，好叫大家當心。我已經整理一下，重新分門別類，寫一本小冊手給他們參考。這裡只提出綱要。

現在青年寫的「劣譯體」中文，劣得已經比最劣的翻譯還要不像中文。他們寫作的錯誤和缺點，幾乎是共通的，可見要糾正還有辦法。只要教師和家長一同來注意，改正就有希望。

先說基本的問題。我看目前學生作文的困難是：

一、看的文章多半是劣等譯文，或不通的、夾了方言的中文，而且課本可能有問題（因爲有些詞句錯誤，大家竟然一樣。）

二、可能教授得不太好，因爲有些毛病只要有人指出一兩次，以後就不會再犯了。

現在撇開方言國語的歧異，先說劣譯。劣譯的影響是我多年來大聲疾呼的（詳見最近發表的文字和拙著「翻譯研究」），想不到這個病已入膏肓，恐怕醫不好了。今天文壇幾乎已經是劣譯的天下，學生得了重病，又怎麼能怪他們呢！

第一是詞位的錯亂。譬如中文的動詞、形容詞，尤其是副詞，在句子裡有一定的位置，不能隨便亂動。現在很多學生造起句來，完全照英文的次序。如他們會寫「開設多些學校」（因爲英文是 open more schools），按中文該說「多開辦些學校」，「尋找各自的出路」（應該是「各自尋找出路」）。

現在不但學生。連職業寫作的人都寫「越來越多的人研究這個問題了。」這是英文。中文的寫法是「現在研究……的人越來越多了。」

中文極少用「使（令）到（事情不成功）」這一類句法，英文裡卻極多。「使人類智慧趨向極點」，這句話連意思也不很明白。甚至有人寫出「使人死了」的短句，是殺死他，還是氣死他？

另一個可怕的是「是」的濫用。英文裡的連繫動詞是文法上句子裡絕對不可少的，然而中文卻不一定要用。例如「他是很客氣」裡的「是」字根本多餘。

還有「著」字也太給人濫用。「有著」是不通的，因爲「著」指動作的持續，譬如說，「他吃著飯」；「有」指的是狀態，沒有動作。一個人有錢，是在指他富有，並沒有行動，更沒有——持續。雖然他賭錢一夜輸光，變成一無所有也會的，這和語言文字沒有關係。

英文裡的連接詞是少不了的，中文卻時時用不著，而且忌用。許多學生寫「可以和容易獲得……」這不是中文。「或多或少」是由 more or less 翻譯過來的，並無不可，但是畫蛇添足。我們說「多少」，如「他多少總得表示一下感激才對」。

兩個動作或情況，我們不用「及」、「與」、「和」等等。我們說「爭吵」，不說「爭與吵」；說「是非」，不說「是與非」或「是或非」。

更糟的是「他之好賭及不受重視」、「侮辱及打擊他的心」、「他的拒絕服從及很容易受影響」。

中文最忌用名詞短句來說明事件、情況、動作等等。就如剛才那句「他的拒絕服從」、「他的很容易受影響」都是這種名詞短句。英文裡還勉勉強強可以（他們的文章大家如浮勒兄弟 F.G. Fowler and H.W. Fowler 已經痛詆了），中文可絕不能容許的。

另一個現象是英文用字也變成了中文的常用字。如「提供」，用於「提供造詣給我們」。注意：「造詣」又是名詞。「接受」，用於「接受廣播節目」。「作出了一種不值之感」（按「作出」只能用於看得見的，如「姿態」；「感」是別人看不見的）、「做出……的後果」。「自它（按這個『它』字代表上文的『習慣』，也是洋文寫法）存在以來」、「而致一個地方有幾個書局的存在」。（「而致」也不是中文，中文是「以致」。）

「當……時」是英文 when 的譯文，英文常用這個字，不過中文卻不。英文裡一篇文章裡用十幾二十個 when 不覺得刺目、難聽，中文用這麼多「當……時」可不然。現在學生大用，居然有人寫出「當……之後」，這使得英美兩國人都要瞠乎後矣。

英文前置詞也侵入了中文，而且給學生用得匪夷所思。單就「上」、「中」、「下」三個字來說，已經洋洋大觀了。我們本來有「社會上」這個說法，現在很多學生寫「社會中」。這倒也罷了，還有「在這思想下」，是怎麼一個「下」法呢？「流行曲上」、「文章上」、「在他們的推廣下」、「在不自覺下」、「在沒有鼓勵之下」、「在努力中」、「在之中」（？）、「白紙黑字中」（！）、「內容中」、「時間放（花）在看戲中（上）」、「角落中」、「忘卻家庭上的煩惱」（過去兩句一向用「裡」：「角落裡」、「家裡」）、「在腦海中把我帶進甜蜜的記憶中」（這兩個「中」就像象牙雕的球，球裡還有球！這句裡，記憶是個小球，在裡面，腦海是個大球，在外面，包著記憶這個小球）。

「裡」字也沒有完全被打倒。「在港島裡」、「睡眼惺松（忪）裡」。這個「裡」字全可以刪掉。還有人寫「心間」，他的心一定有許多片，各片在一起才有「間」。

以上種種亂用，已經駕乎劣譯之上，超出了劣譯的範圍，始作俑者該負責任。奇怪的是當用「上」、「下」等字的地方，竟然漏用。如「在社會」（漏去了「上」）、「躺在床褥」（漏了「上」）、「在幼小的心靈」（沒有「裡」）。

英文不定冠詞「a」對中文的影響壞極了。最討厭的是一般學生用無數的「一些」，叫人看得心煩。「一些商人出售一些不良物品」、「一些不肯負一些責任的人」、「一些廠家用一些廣告推售一些不良的商品」。當然用無數「一個」的人更多，「他是一個很積極、很有幹勁、很自負的一個人」，這裡用了兩個「一個」，其實人只有一個。

最可怕莫過於「性」字。我在「翻譯研究」裡已經提了不少，現在又有了新的例子。「……的傾向性不同」，這是英文裡也沒有的。

現在再把別的毛病分別指出來。

比較級與最高級：按這兩級是不能混用的。你可以說，「再好也沒有了」，這是比較；但是不能說，「最好也沒有了」。學生犯的毛病是寫「最普通不過」。這個「最」和「不過」是衝突的。「最普通」已經夠了。

有人寫「更爲至慘至酷」也不通。「更」是比較級，「至」是最高級，不能一起用。「更加相得益彰」犯了重複的毛病，「益」已經有「更加」的意思了。

多餘的虛字：「的」的多餘見於：「一陣的步伐」、「數份的傳單」。「所」的多餘見於：「應該所抱的態度」。「有」的多餘見於：「埋沒有了」、「他帶有著」。

可見學生執筆作文，一點把握也沒有，多一個、少一個虛字，用錯了虛字，全不知道，信手亂寫，已成了習慣。誤用虛字：「禍害於市民的」：這句話毛病出在「於」字和「的」字上，因爲「禍害」在這裡是當及物動詞用的，而這句裡「於」的上面只能用形容詞或名詞，如「有害（形容詞）於市民的」、「富貴（名詞）於我如浮雲」。

介詞妄用：「對他給予」不是中文。爲什麼不說「給他」呢？

句型的錯誤：有的字眼只能寫成肯定句，不能接「不」一類的字。如「誘導他人不受壞人的影響」，這一句裡的「誘導」只能接肯定的字眼，如「向上」、「行善」、「向學」等等；不能接「不」做什麼。

接不上：「都能使對事物的看法有極大的幫助」，使誰呢？中文這個「使」字下面一定要有個賓詞，如「使人生氣」、「使社會不寧」等等。

遣詞不妥：「速度減慢」：按速度沒有快慢，只有高低。「搗亂社會安寧」：按「搗亂秩序」則可，安寧只能「破壞」。「更加困景」：按「更加」下面只能接形容詞，如「困難」、「悲慘」、「快樂」，不能接名詞。

用字不勻稱：作文和說話不同，用字造句總要講究一點。「觀看電視的人比看電影的人多。」這句上用「觀看」，下用「看」，很不勻稱。

連用動詞：動詞不是不可以連用，如「我明天來看你」。但如「陷於趨向模仿墮落」、「鼓勵推行遵守節約」、「加深衝突活躍」……就太過分了。

常識問題：「兒童與成人的心理發育」，這句話文法、修詞都沒有問題，就是話本身不對。因爲成人的心理早已發育了，怎麼可以跟兒童的相提並論呢？有人寫「一個觀衆」。既有「衆」了，怎麼會「一個」呢？

漏實字：「爲口奔馳」，「口」下漏「腹」字。

漏虛字：「是很難糾正了」，這句裡「了」上漏了「的」字。

不相等：中文這個「是」字，前後提到的名詞必須種類相同，譬如說，「人是動物」，人和動物種類相同。所以「這些小孩子可絕不是我的童年吧」，這一句不通，因爲「小孩子」和「我的童年」種類不同。

不識字義：不知從哪天起，好些作家用起「男士」來了。他們難道不知道士就是男子嗎？他們本來是爲了滑稽，拿來和「女士」對照的，完全沒有想到這個詞的意思是「男男子」。學生模仿，原不足怪。還有許多人寫「女仕」也不通。「人士」也不可以寫成「人仕」。

亂用成語：有些學校爲謀學生應考的成績優異，拼命壓著他們背成語手册，結果有些「優秀」分子眞就成了應用成語的大家，寫起文章來大用特用了，用得對不對似乎跟他們無關。「他心裡昭然若揭」是什麼意思呢？有人甚至一連串用幾個，如「他簡直是癡人說夢，這一來變成了曲高和寡，跟另一個人相去何止百倍，簡直不可同日而語」。

代名詞上加形容詞：中英文的代名詞上都加不得形容詞。中文在極少的情況之下可以用，如「不惜以今日之我攻擊昨日之我」等。可是現代有些新文學家很喜歡在這方面發揮他們的文才，學生當然群起效尤。「令人佩服的他們」、「吸毒的你」、「還未成熟的我」，這種句法叫人看了渾身起雞皮疙瘩。

重複用字：文學的大病之一是重複用字。文學家在這方面不知要費多少精神，才能把作品寫得過得去。現在的學生大多數沒有受這種訓練，往往犯這個毛病。下面這些句子不必評論，一看就可以知道不妥當的地方：「務求利潤方面的追求」、「要知天下事，不讀報紙是不可能知身邊事和國際時事動態的」（這一句重複的毛病還不止用了兩個「知」字）、「一種不可缺少的一種」、「重要的要位」、「社會的社風」、「提供貢獻」（！）

文白不分：多數學生似乎文言白話並用，哪個方便用哪個。尤其沒有寫對話、獨白的能力，往往話不像話，文白混雜，全不能揣摩說話人的身分。很少人的白話純粹像白話。

我說到可能教授得不好，因爲孩子們從國小到高中畢業，也寫了差不多十年中文，最起碼的寫作技巧也該知道，何以一般程度竟會低落到這個樣子呢？教師太辛苦，我們要求一般小學中學教師細改學生的作文，未免有些苛刻。他們如果逐字細改，細批細注，恐怕不到一個月就要病倒。何況學生忙於應付考試，負擔太重，根本沒有心思在作文上用功。惡性循環，才有今天這個現象。我想不出什麼好的辦法來，不過事在人爲，若說什麼辦法也沒有，也不見得。至少可以偶爾示範。精於教授作文的人可以巡迴到各校去講解，跟各校的教師開會研討。既然數學、物理、化學這些難的科目都有人有資格教，作文也該有的。

我指出學生的錯，沒有取笑、責備的意思，只有萬分的同情。世界上兒童受壓力重的，臺灣香港的總在最前列。他們大多數都用功，只嫌太辛苦，該多些時間散心、運動。我上面有些挖苦的話不是挖苦他們，而是挖苦制度，挖苦陷害了他們的成人。這些錯早就該有人講給他們聽了，我相信他們都很聰明，一學就會。他們整天看那些壞譯文，怎麼能怪他們不跟著跑呢？幾十年前陳衡哲在大公報上寫社論，叫：「救救孩子！」我也是做家長的人，我今天也要大叫：「救救孩子！」

一句話給我的鼓勵

我研究翻譯的第一步

時報的編者要我寫這個題目，我一則以懼，一則以喜。我想，只有成就卓著的人，才有資格寫這篇文章。譬如登上喜馬拉雅山峰巔的人就可以。我自顧沒有什麼建樹，當然會有害怕的心。但我從不認識英文的小學生到能讀、能聽、能翻譯，也寫一點點英文，自己得到很多快樂，不免也想鼓勵命運和我相同的人，也來學習一種外文，倘使寫這篇文章對他們有點用處，也不辜負編者出題目的用心，我就再喜歡也沒有了。

這件事得從頭說起。我小學畢業後進中學不到一年就停學了。英文的根柢差得可憐。十六歲進了銀行當練習生，雖在內地，卻有少數說英語的外國顧客。我那時管存款，看見洋人來了，立刻就要找別的懂英文的同事來救急。他們都進過教會學校，讀過高中，當然個個會說英語。我心裡又恨自己、又羨慕人家。

這段經過，我在別的文章裡已經提過，此地仍舊不得不簡略複述。我問過一位同事可不可以自修英文，他說：「不行，你一點底子也沒有。我可以把英文讀好，因爲我有底子，只要用功就行了。」我信了他的話。我的中文稍微學過，雖做銀行練習生，也還是不斷讀書的。銀行裡請過先生教英文，我並沒有用心去學，以爲自己反正學不好。

後來有位郭兄，四川人，在上海讀了大學，我和他談起我學英文的事，告訴他我沒有希望的事情。他說，哪有學不會的道理！他自己在四川讀完中學，到上海考大學，校長對他說：「你別的科目都不錯，英文程度還不及我們的中學生。」錄取後，他用心讀英文，字典不離手，等到大學畢業，他的英文考第二名，他對我說：「你讀書只問耕耘，不要問收穫。」

我信了他的話，從那時起到現在差不多沒有停止學習過，已經四十多年了。

以下是我自修英文的經過：

首先，我要感謝鼓勵我的那位朋友（幾十年來我不知道我恩人的下落），不是他的一句話，我永遠不會這個外國文。人如果認定了自己已經絕望，那就是眞正完了。中國人說，有志者事竟成，英國諺語說，「有志就有辦法」，意思一樣。可見是態度的問題，信心的問題。誰也不應該把自己的失敗注定。你所認爲絕望的未必眞正絕望。（另外可提的一件事是健康。我生下來體弱多病，少年時面色很差。多年鍛鍊，到了三十以後，漸有進步。現在似乎可以說是健康的人了，這也給我極大的信心。）

不過有了志，要學成功還有幾個條件。志是不夠的，要靠行動，這個行動還要快，說做就做。等可能等一輩子——拖延、拖延，不久就志氣消沉，忘都忘記。初學一件事總有許多困難，無法克服的困難，如果受不了挫折，就完了。

我自學英文，第一要學會念。我認定不會念就沒有人懂我說什麼，我也聽不懂英美人說什麼。幸好我學了極少的國際音符，雖然不很正確，也不完全，但極有用處。這是好底子。那時用國際音符注音的字典還極少，後來我根據會讀的英文字，細聽英美人說話，又查出了韋氏和牛津的音符，於是自己可以讀出聲音來了。

最初若干年苦惱的是我在內地，沒有無線電廣播可聽，沒有英文報刊可看，只和極少數的西方傳敎士偶爾往來。銀行顧客雖有西人，只能偶然一見。這些人的口音大有出入，無法找到標準。我少年時候學習方言極快，和他鄉人稍稍接觸就可以說他的話，所以辨音算是容易的。但英美各地的口音不同，憑我認識的少數幾個字要找出各元音輔音來，實在不容易。我請教過同事裡面讀了教會學校的，竟沒有一個學過國際音標，而他們對於其他的發音符號更是言人人殊。不過日子一久，我也知道全部的符號了。從此對於發音有了些研究，後來更買了英語發音學的書來看，漸漸多懂得一點。我至少可以模仿英美兩國比較標準的口音，和美國一部分（如中西部或南方）的方音，也可以聽出西方說英文的人是德國人、法國人，或是義大利人。中國各地的人說英文也不一樣，譬如有些廣東人把無聲的（voiceless）th 讀成 f，v 讀成 w；有些上海人把 in 讀成 ing 等等。

說句狂妄的話，我可以開一所診所，專門醫發音的毛病，給人開方治療。不過我雖然教人打過太極拳，可從來沒有糾正過別人的口音。

我對英文沒有深的研究，自己雖然也會讀錯字，但對口音眞下了功夫，可以到英美國會演講，不用擔心口音不好。這件事太簡單，學會幾十個音符就全會了，不比英文字有十幾萬個要記的。我因爲自修，每個字都查過字典，符號全記得。有許多年的英文日記是用音符記的，寫起來和寫英文一樣方便，非熟悉這種符號的人不能讀。別人讀錯字音我可以標出錯誤，我寫過一本「簡易英語發音」，就是多年研究的結果。

在我看來，發音是學外文最主要的初步。大多數的人都不講究，不免帶自己的鄉音。受學校教育的或許可以不學國際音符，自修的人卻非學不可。

第二件事是文法。我信了林語堂先生開明英文文法裡的話，不死記文法規則。只熟讀一些文章，在文章裡注意文法。後來看他和葛傳槼先生（是自修英文的人）的書，知道他們很佩服編袖珍和簡明牛津字典的浮勒弟兄，推重他們寫的「標準英文」（The King's English）和「現代英語用法字典」（Modern English Usage），所以買了來參考。「標準英文」非常難看，裡面講的文法修辭的毛病，中國人連犯的資格都沒有。但知道了的確有益：不會被英美劣等作家引入歧途，也知道了一點英文的好醜。我要勸學英文的朋友直接看英美人寫的書，不必去看「英語週刊」之類的雜誌，冤枉花時間（雖然我也替「英語週刊」寫過稿）。上面說浮勒弟兄的書對我後來研究中文的文法修辭大有好處，因爲他們眞是知道文章好壞的人。

林語堂先生教人用英文思想，這話不錯，但也要學會不少英文才行。葛傳槼先生叫人用英文記日記，是他經驗之談。彷彿他們也教人用英文字典，這和理解極有關係。我記得較早記日記只能打開書本揀可以借用的句子改一兩個字抄一兩句。記得多了，久了，漸漸可以自由表達一點意思，不過錯也很多。先外祖閔可仁公教人學寫詩文，常說「文從胡話起，詩從狗屁來」，我認爲極對。有人不肯下筆，終身寫不出東西來。當然光寫不讀是沒有用的，光練習不思想也是如此。要練習，要思想，要留心。（我學唱京劇，近來又拉點胡琴，完全是自修。初學胡琴噪音尤其吵人，指總按不準，弓總拉不好，快慢也總不對。但日子一久，我相信總可以悅耳的。）

我不但記日記，一有機會就寫英文信。當然也是錯誤百出，不知所云。但寫多了錯也漸漸少起來。爲了記日記，我讀了英國哈代的「艾麗霞日記」（原書久已遺失，原名大約是 **Alicia's Diary**，此書不很出名，一般參考書上不列），當然會話和尺牘都讀了的。奇怪的是會話書上的對話平時極少用到。現在有錄音帶可以把會話學得極好，而且話也是活人常說的，不過聽錄音帶要常聽，專心聽，不是聽一兩遍就行的。

一般學英文的人看文章大都匆匆一過，所以不能拿來運用。我一直鼓吹書要讀熟，不一定背，但要看了又看，看很久，三年五年，十年八年，然後才能吸收。我寫點散文，所以專看英文散文，有的很喜歡，幾十年來不時打開來欣賞。當年看那些書，查字典苦極，幾乎把書頭書尾寫滿。可惜太忙，意志不堅，沒有多下苦功，否則今天寫英文散文應該很不錯了。不過少數若干篇最精妙的散文的確給我許多滋養，只要想到，整篇就一層一節在眼前出現。我今天寫中文散文在思想、結構，遣詞方面，也受這些作品的影響。

我因爲時間有限，所以不能多看書報，這是一大缺陷。但在種類方面，涉獵的卻不太少，法律、新聞、商業、文學等等，都注意過。文學書不大讀二三流以下的作品，第一是有時間不如看最高級的文章，第二是怕自己學壞。自己的英文沒有根柢，不知好歹，很容易跟著人走，寫出傖俗無聊的文章來。我常常覺得，發現新作家不是我的責任。我多數要看了文學史才去研究一位作家。這樣有好有壞。好處是胸中多少有個文學史的輪廓；壞處是對於近人不免認識不夠。近人的作品我也看，還該多看些。當然也有偶爾碰到喜歡的作家，結了緣的。

英國詩人白倫敦君在出任港大英文教授就職演講詞裡說，他對於現代人只有從略。難道他也不太清楚？我不敢說。至少自修的人要用大部分公餘的精力去研究文學史上地位已經奠定了的名著，不能多瀏覽當代有名無名的作家，這是不會錯的。

我研究散文之外，也讀一點英國詩。我認爲詩是文字的精英；文字的伸縮性，變化的幅度，以在詩裡爲最大。不讀詩永遠弄不淸文字的奧妙。凡是一般英國人熟悉的詩都要讀。讀多了一點以後，英國散文裡有些引的詩我也認得出是誰的句子，很爲喜歡。當然希臘、拉丁作家的我就一竅不通了。我引以爲憾的有兩件事，一是不懂希臘、拉丁文，沒有古典文字底子——這等於中國人不懂古詩文。第二是沒有把英美由小學到中學畢業的各科課本拿來好好讀一讀，這樣一來就不會看不懂他們一看就懂的文章了。這也是時間、精力不夠，意志不堅強的結果。

實在說，天下幾乎沒有不可以自修的學科。我常常想，歷代開國的皇帝都沒有學過帝王術，孔子沒有念過中國哲學史、倫理學、政治、經濟學。釋迦、耶穌沒有學過宗教哲學。扁鵲、華佗不是醫科大學的博士。公輸班沒有學過建築……要自修英文實在太容易，無非是死釘而已。一本本的書儘可以細讀，現在更有錄音帶，可以一遍遍放來細聽，最魯鈍的人也可以學會。問題是我們去不去讀，去不去聽？一次一次地重複去讀，去聽。

勝利後我在上海中國銀行總管理處國外部任職，當時剛從內地調去，部裡有很多留學生，大學畢業的不計其數。曾請英國領事館的一位太太教過英文。每星期寫一篇作文的只有我一個。當然錯的地方很多，但她改得細極好極，也有稱賞之處，給我極大鼓勵。後來又請過葛傳槼先生，他的書我是細讀了的，所以向他請教特別感到親切。

自修英文的人有一點要特別注意，這就是最初的幾年（甚至此後若干年）只能專攻英文，不能有許多別的活動。我記得在最初的幾年，自己戒絕了一切，連喜歡看的中文書刊也只得割愛，後來看也還有限制。自己絕對沒有自由。上面提到的郭兄，精拉京胡，走的是胡琴聖手孫佐臣的路子。他本要教我，我只有不學。現在想來雖覺可惜，並不後悔。當時如果再學胡琴，英文就別想學會了。我自修過法文，後來放棄，因爲發現一面學法文，一面忘記英文，而且口音也受影響。我本想學拉丁文，也因同樣的情形作罷。自修的人不能和在大學讀書的人比。白天的時光全給了人家了。

我是很笨拙的人，記性尤其壞，英文生字查了又查，許多還是生字。只有讀久了才記得住。（有些字也有一次記了就記住的，但並不都如此。）（我查字典查得多，所以查起來非常之快，不但英文不好的人看了驚奇，連英文極好的人也大爲詫異。我知道哪個字大約在什麼地方。）許多字在記熟的時候會用，過久了竟會連讀到了也不認識，忘了！我羨慕別人過目不忘的本領，我也沒有訓練自己的記憶力。我雖苦讀，並不苦記，把該做的事做完，其餘就聽其自然，但從四面八方去讀、去用一個字，也記住了不少。

我絕不勸人讀字典，專記生字。但像「袖珍牛津字典」、「牛津進修者字典」（Oxford Advanced Learner's Dictionary）這一類的字典不妨從頭至尾看幾次。我沒有做這件工作，很以爲恨。有人記了很多字，文章不一定寫得好，甚至不會用英文。有人記得的字並不多，卻很能用英文。這是値得注意的事。

我雖然沒有讀遍英美中小學的課本，但凡是看得到的英文總看一看，這也是葛傳槼先生提起過的。所不同的是有些草木蟲魚等等的名稱課本裡有，日常見到的英文裡卻不常有。但文學書或專科書籍裡有許多字不是一般英美人都熟悉的，我們外國人有時反認識了許多，這也不足爲奇。

我們不要以爲學英文要到英美住很久才學得好，不一定。住得久當然好，很多東西見過、吃過、聽過、聞過，但英文不一定好。眞用功的人在任何地方都可以用功。最理想是打好底子再去。

大約三十年前，我在中國銀行總管理處國外部主編辦事細則，以美國歐文信託銀行的手冊爲藍本，已經要做很多翻譯工作了。這大約是最早的文字工作。抗戰時期我已經在江西贛州的報上寫散文，並譯過詹姆士·希爾頓的We Are Not Alone，這本書沒譯完就撤退他處。（書名是編者所擬，我不喜歡，所以此地不提。原文名稱一語雙關，既說「我們不孤獨」，也指「還有旁人在場呢」。）勝利以後，在上海「申報」、「自由談」和陶亢德編的一本雜誌（「宇宙風」還是「論語」已記不清了）投過稿。那時葉秋原先生替天主教翻書，叫我譯了點東西，大概不能用就作罷了。可見那時我的翻譯很差。

我在上面提到自修的條件還有幾個：第一是持久，要釘著下去，一天也不能鬆懈。第二是興趣，沒有興趣絕不能持久，不過興趣是培養出來的。起初學一樣東西只有痛苦。（我請教過一位英文好的同事，當時他看書連正眼也沒有看我一眼，受這類的屈辱不計其數。）第三是精力過人，一個人做了一天苦工，晚上再工作幾小時並不很容易。要是易於疲勞就只有算數。我自修多年，是分秒必爭。乘渡船、搭公共汽車、排隊買郵票等等總看書。這種生活是很辛苦的，近年來才研究一點京劇消遣；但除了用心之外，練習的時候極少，所以唱起來總很生。

我不得不感謝銀行員的生活穩定，雖然辛苦，總比時時換職業、換地方好。

記得我已經用了五年苦功，在銀行裡工作應付顧客已經綽有餘裕了，一天到天主堂的圖書室裡，翻了書橱裡的許多本書，一本書也不能看懂。還有我和當地的一位傳教士談天已經可以對付，有一次他有客人來，我竟然完全聽不懂他的話。這兩件事只叫我灰心到極點。不過再一想，已經花了五年工夫，若是丟手就前功盡棄，只有再幹下去。所以此後我不管碰到什麼打擊，總沒有放鬆。賭輸的人要扳本，越輸越多，越陷越深，和我的情形一樣，我全能了解。

我要補充一句。多少年來，我從來沒有一天過自由自在的日子，總想法要利用時間。雖然也有很大的樂趣，但是負擔也很重。偶爾應酬，就很肉痛。連退休的兩年也是忙不可言。我的學問沒有成就只怪意志不夠堅，對自己還不夠狠。不過有一點也不能不替自己辯解，就是果眞做到百分之一百，我也不免失去了人性，成爲怪人。把朋友全拒絕光麼？我想起少年時代對妻子兒女照顧的不週，心裡愧疚無以自容。中年好了一點，近來似乎更好些，但還不夠。我的學問的失敗也是做人方面的少許成功，我總朝更近人情的方向走的。

多年前我在香港應友人之邀，譯起書來，誰知竟譯了多本。後來又跟已故的徐誠斌主教工作，以翻譯爲業了。這完全是偶然。我在三十歲已經做了中國銀行總管理處國外部人事股的主管，如果不是時局變化，絕不會換工作。後來又主編英文刊物，寫社論，又做了讀者文摘中文版的編輯，教授高級翻譯，全不是當初自修英文的時候始料所及。讀英文把中文放下了幾乎有二十年，做翻譯工作又把英國文學的研究放鬆了二十年。唯一的收穫是「翻譯研究」這本書。我得到的鼓勵遠非我所敢企望。現在正準備把近七年來的研究再寫一本書，希望切切實實給學翻譯的人一點好處。

我在翻譯這方面等於是個認眞打了多年仗的老兵，各種戰況經驗過。現在除了研究、教授翻譯，還在動筆翻譯。將來退休，希望繼續翻譯一些名著，直到我不能動筆爲止。我把翻譯和創作合併成一件事，定下了很高很難的標準，自己不能縮手袖間。看起來，翻譯和我是不可分的了。回顧當年從念英文「我是一個男孩，你是一個女孩」自修起，四十多年過去了。無限的辛酸、失望、挫折、痛苦，也有無限的報酬、安慰。這都是一位朋友的一句話鼓勵的。我希望這篇文章裡說的我的經歷對無數讀者就等於那一句話。

「第一步」的交代

我的「研究翻譯的第一步」發表後，竟接到許多讀者來信，提出一些問題，發現要一一交代才好。

第一是讀什麼書？首先談發音。我的「簡易英語發音」已絕版。本可再印，但是需要修訂，而我又很忙。開明書局張沛霖的「英語發音」可以看看。最好的方法是買本用國際音符注音的字典，把舉例的三四十個字找人讀給你聽，然後找出每個符號所代表的音，再去拼別的字求證。這是件難事，但初學非做不可。有英語錄音帶可放來聽，聽很多次，把那些字的符號查出，一面看符號，一面聽錄音，不久就全認識了。進一步不會讀的字看了符號也會讀了。起初做這件工作當然辛苦，但做久了一點不難。擅長音樂的人學起來容易些。

再找個人聽聽自己念的音有沒有錯，這個人最好有點聽音的訓練。求人不如求己，你可以錄自己的音，再放出來聽聽，和別人錄下的比一比，看相同不相同，有錯也聽得出的。

英文講發音的書很多，可以看看；一下子不容易懂，日久可以懂一些。一點點多起來。

讀什麼書？我主張讀一點文學書打底子。即使做買賣，有點文學底子也不妨。什麼文學書？這是言人人殊的。豐子愷叫人讀歐文（Washington Irving）的「見聞雜記」（The Sketch Book），不可聽信，因爲這本書雖不妨一讀，卻不值得在它上面下死功夫。論選本牛津大學出版社出的「世界名著叢刊」（World Classics）「現代英文散文選」（Selected Modern English Essays）極好。這書共有二輯，第二輯裡佳作尤其多，大可下苦功，讀熟了一生受用無窮。裡面有極深的文章，但並不是篇篇都難，揀對胃口、比較容易些的讀好了。不必太多，三五篇已經不錯了。文藝批評的文章可以留到最後看。此書惜無注釋，要借重很多的參考書，可到圖書館去查。有不懂的地方也不要緊，能懂多少就懂多少，慢慢會多懂些的。不一定有個人能解釋給你聽，但不妨請教英文好的人。

說起字典，千萬要用大型字典，袖珍本的切不可用。起碼要用The American

Heritage Dictionary 或 Random House Dictionary（College Edition）或 Webster's New World Dictionary。英國的 Concise Oxford Dictionary 當然極好，但美國的字典稍帶百科全書性質，也極有用；如人名地名等等，都有解釋，且有插圖，有的極精，如 Heritage。

有一本字典極有用，就是 Oxford Advanced Learner's Dictionary，專爲外國人而編，告訴你什麼名詞可用複數，什麼名詞不可以。如家具（furniture）、設備（equipment）、俚語（slang），全是可以數的東西，他們英國人卻認爲不可數，所以絕不可以加 s。還有動詞有一定句型，不能亂用，這本字典一一列出，給人參考，極爲有用。此外例句多，大可一查。初學英文的人每用一字都要有根據，不能照中文來推測。沒見過的用法不可用。

英文不好，查英文字典當然也不知所云；只有再查解釋裡的生字。用久了就慢慢會用了。凡草木蟲魚等名詞只有靠英漢字典。

最好查了英文字典再查英漢字典，或查了英漢字典再查英文字典，這樣就懂得更透徹了。

我提到讀英美小學、中學的課本。這是各校不同的，我舉不出名稱來。可向當地美國的學校去問，或寫信給國外的親友託他們打聽，代買。

我寫的「翻譯研究」是大地出版社出的，此地大專學校很多用做教材或指定參考書。我打算再寫一本，因爲近年又有了許多發現。

此外尺牘總要買一本，至少曉得一些格式、規矩和習用的詞語。會話的書現在已經用不大著了。因爲最好是用錄音帶，一面聽錄音，一面讀附帶的册子。聽得爛熟，自然學會。要緊的是跟英美的人對話，說錯了也不要緊，不說一輩子不會。他們不會當外國人都能講得跟他們一樣好的。

報紙要看，因爲每日常見的字很多，而且很多新聞中文報紙上也有。一對照，英文就懂了。常見的字要查字典，不常見的隨它去，這樣才能快看。可以選一兩段或一兩篇細細查查，多看幾次，以後看同類的文字就容易懂了。

如果你對文學有興趣，就要買一本好的文學史，如「簡明劍橋英國文學史」（The Concise Cambridge History of English Literature），查查這本書就知道哪位作家在文學史上有什麼地位，哪些著作是精品了。你一方面看自己的興趣，一面參看文學史，就會選書。與其在不相干的三流作品上下苦功，何如精讀第一流的作品？

此外要買的書不一定買得到，往往碰到書，只要有價值，就可以看。不好的不去理它。

小說可以多看，只要不妨礙自己定的日課。最能學到英文的是小說，如果能看幾十部，想不懂英文都不行。不過識字太少的人看起來慢一些罷了。

寫英文最難。許多留學英美，取得文學博士學位的人未必能寫通順的英文。沒有機會出洋的人，如果下一番苦功，未嘗不可以寫英文，但要寫得完全通順，又談何容易，好在英美人的英文未必個個好，常有不通的句子寫出來（有時一句也不能寫），我們稍有錯誤也不要緊。要多寫，多請英文好的人修改。這種人最難找——也許自己多用功，自己來改吧。英文極差，不可以就把中文翻譯成英文，最好等能寫通順英文以後再做這種翻譯。起初寫錯也要寫，不寫一輩子不會寫。不經過好手修改而把英文寫得通順恐怕辦不到。

既然自修。許多道路也是自己摸索出來的。碰一次釘子，吃一次苦，長一次見識。要緊的是鍥而不舍。別人一天可以學會，我花十天、百天，漸漸就有曙光出現了。譬加一個字不會讀，請教一位會讀的，再把他讀的音和字典上注的比較一下，可能發現不同的地方（如重音位置不同）。再請教另一位，參考多本字典，總會有點數目。他如果是美國口音，你查的是英國字典，就可能有出入。日久你會知道許多英美人口音的歧異，或是美國某一地帶別的口音，諸如此類。這種學習不是誰聰明誰笨的問題，關鍵在誰死釘下去誰不死釘下去，誰用心誰不用心，誰的精力足誰的精力不足，誰多思考誰不思考，誰肯試驗誰不肯試驗罷了。

附記

我繼《翻譯研究》之後，又寫了《翻譯新究》（仍是大地出版社出版），還有《功夫在詩外》——翻譯偶談（牛津大學出版社出版），以後還會再出論翻譯的文集。

香港之秋／思果著. -- 十版. -- 臺北市：大地, 2000〔民89〕
面： 公分. --（大地文學；6）

ISBN 957-8290-26-8（平裝）

855 89013785

香港之秋

大地文學 006

作　　者	思　果
創 辦 人	姚宜瑛
發 行 人	吳錫清
主　　編	陳玟玟
出 版 者	大地出版社
社　　址	114台北市內湖區瑞光路358巷38弄36號4樓之2
劃撥帳號	50031946（戶名　大地出版社有限公司）
電　　話	02-26277749
傳　　眞	02-26270895
E-mail	vastplai@ms45.hinet.net
網　　址	www.vasplain.com.tw
印 刷 者	普林特斯資訊股份有限公司
十版七刷	2023年 3月

大地

定　　價：300元